Michel Fessler

LE SANG DES MIROIRS

Roman

Éditions SW Télémaque

Éditions Télémaque, 92 avenue de France, 75013 Paris
www.editionstelemaque.com
ISBN : 978-2-7533-0467-3

À Catherine

PREMIÈRE PARTIE

Page 6.
Vue du Château de Versailles depuis le jardin,
1674, Israël Silvestre (1621-1691).

PREMIÈRE PARTIE

Versailles

Le Roi-Soleil trépigne comme un colosse devant les tas de pierres et les milliers de planches destinées aux échafaudages et au coffrage des canaux. Une foule s'agite depuis l'aube autour des bâtiments en construction. Quelque vingt-cinq mille hommes et six mille chevaux sont employés tous les jours dans la plaine de Versailles. Les travaux n'avancent pas assez vite. À Louis Le Vau revient l'architecture ; à Charles Le Brun, les peintures et les sculptures ; à André Le Nôtre, les jardins. Ce sont de vieux amis. Ils ont fait leur apprentissage ensemble dans le même atelier des Tuileries. Dorénavant, ils sont tous trois exclusivement au service du roi.

Après des mois d'atermoiements, Louis XIV commence à perdre son sang-froid. Sans dissimuler son impatience, au contraire même, il se penche vers le contrôleur général des finances.

Colbert anticipe la critique royale. Il baisse la tête comme pour parer un coup et déclare :

« Sire, l'entreprise est considérable. Je crains que les dix mille livres que messieurs les architectes avaient envisagées ne suffisent pas à assurer le réaménagement du château et l'agrandissement des jardins. »

Gêné par la mauvaise humeur du roi, Le Vau ne sait plus quoi répondre.

« Sire, je n'ai d'autre ambition que de vous servir.

— Soit, dit le roi comme s'il prononçait un verdict. Eh bien, prélevez vingt mille livres dans le trésor s'il le faut. Mais faites qu'on ne se relâche point, et parlez toujours aux ouvriers de mon retour imminent.

— Messieurs Le Vau et Le Nôtre estiment, tout comme les chefs de chantier ici présents, qu'on ne peut accélérer les travaux qu'en créant deux ateliers, l'un œuvrant le jour, l'autre la nuit. »

L'air toujours sombre, Louis XIV examine son ministre comme s'il débattait intérieurement sur son sort.

« Que l'on donne gracieusement un terrain à tous les chefs de chantier dans le village de Versailles. J'ordonne que les maisons qu'ils y feront bâtir soient insaisissables par les créanciers. »

Ébahis, tous les chefs de chantier se regardent mutuellement et remercient le souverain d'un salut plus bas que terre.

Le Roi-Soleil sait que l'Église a autorisé, à titre exceptionnel, que les ouvriers continuent de travailler le dimanche après la messe, de sorte que les travaux se poursuivent, vingt-quatre heures par jour, sept jours par semaine, sur le chantier de Versailles. Sous le regard de Louis XIV, de Louise de La Vallière, la jeune et jolie maîtresse du roi, de Colbert, de Le Nôtre et de Le Vau, des mains agiles et expertes taillent des pierres, les transportent, les empilent, tandis que d'autres mains non moins agiles et expertes rabotent, clouent, peignent, et d'autres encore fabriquent du mortier. Des bras essuient la sueur qui coule des fronts. Des pieds montent ou descendent des échelles de bois, quand soudain un jeune ouvrier tombe d'un échafaudage et s'écrase au sol, à quelques mètres du roi. La mère du jeune homme, porteuse d'eau sur le chantier, se précipite, mais il est déjà trop tard, le jeune homme a déjà perdu la vie.

Quelques minutes s'écoulent pendant lesquelles tout le monde observe cette scène de *pietà* improvisée, ne sachant comment intervenir, à supposer encore qu'on puisse intervenir. Le garçon meurt dans les bras de sa mère. Elle suffoque et hurle à l'adresse des regards braqués sur elle :

« Nous allons tous crever pour le bon plaisir du roi ! »

Louis XIV ôte son large chapeau noir dont les longues plumes blanches balayent le sol. Il époussette placidement sa veste et ses bottes. La mère du jeune ouvrier tombé du ciel l'aperçoit. Elle s'avance vers le souverain et vomit : « Voilà un monarque qui saigne le peuple de France pour sa propre gloire ! »

La femme crache à terre et poursuit sa diatribe en le regardant dans les yeux et en le désignant du doigt :

« Majesté, je vous maudis, vous et votre Versailles. Je maudis ce chantier où les chariots se remplissent chaque jour de cadavres. »

Louis XIV est loin de la vilipendeuse, mais son attention est cependant attirée par les cris. Il se tourne vers Le Vau et ses chefs de chantier.

« Tyran ! Roi machiniste ! Putassier ! »

— Est-ce bien là de Nous que parle cette femme ? s'interroge le roi, incrédule, en fronçant les sourcils.

— Sire, ne l'écoutez pas, répond Le Vau. Cette femme a perdu la tête. »

Cependant, deux gardes se précipitent en direction de la mère éplorée qui s'arrache désormais les cheveux, en proie au désespoir. Majestueusement, avec une lenteur insolente, le roi et Mlle de La Vallière montent dans le carrosse royal sans aucun regard vers ceux qu'ils quittent. Inquiet de l'attitude du roi, Le Vau s'adresse à Louis XIV :

« Avez-vous un autre souhait, Sire ?

— Un souhait ? répond le roi. »

L'architecte royal est suspendu aux lèvres du roi, mais le souverain tarde à parler :

« Nous imitons trop souvent l'Italie. Nous souhaitons que désormais notre art soit plus français. »

Deux laquais ferment la porte du véhicule.

« Sire… Sire… » Louis tourne alors son regard vers sa jeune maîtresse. « Sire, vous êtes parfois si lointain et si secret…

— C'est que l'avenir de notre belle France Nous soucie. »

Pendant que le carrosse royal se met en marche, un garde arrache la robe de la mère qu'il projette par terre. Il s'empare d'un fouet et le fait aussitôt claquer sur le dos dénudé de la femme.

Pétrifiés, les ouvriers contemplent la scène sans n'oser rien dire. Au pied d'un échafaudage, une autre porteuse d'eau, résignée, murmure :

« Pauvre femme… Laquelle d'entre nous n'a pas un mari estropié, un frère défiguré, un éclopé sur ce maudit chantier… »

Venise

Au XVIIe siècle, la Sérénissime République de Venise, quoique décadente, triomphe toujours en Europe, sur le plan artistique surtout, dans le glorieux sillage des maîtres qui l'ont portée au pinacle cent ans plus tôt, les Bellini, Titien, Tintoret, Véronèse, etc. Toutes sortes de libertins y affluent pour jouir de la splendeur de ses palais dont les façades se réfléchissent dans le miroir du Grand Canal, mais aussi parce qu'on s'y amuse davantage que partout ailleurs en Europe. En 1638, à la demande des nobles vénitiens, le doge Marco Dandolo a converti le Ridotto en une maison de jeu et de plaisir. Depuis lors, l'endroit est devenu le repaire à la mode d'une belle société bigarrée. Une gaieté tout imprégnée de mystère règne dans ces salons. S'y mêlent les aventuriers, les marchands, les espions, les ecclésiastiques, les escrocs, les courtisanes et les attachés d'ambassade. Tout ce beau monde s'y dissimule sous divers masques, dans une enfilade de petites pièces aux murs tendus de somptueuses tapisseries multicolores, éclairées par des lustres de Murano et enchâssées les unes dans les autres comme une savante marqueterie.

Dès la tombée du jour, on y joue à la bassette, au trictrac, au biribi et au pharaon, et on y déguste des liqueurs, des sorbets et des confitures de coings. Tous les visages des joueurs sont masqués, sauf ceux des notables qui tiennent la banque. À la table de jeu du pharaon sévissent quelques « correcteurs de fortune » : ainsi appelle-t-on ces tricheurs qui soutirent insensiblement leur argent aux naïfs jusqu'à les cribler de dettes, de même qu'une jeteuse de sort transperce, à coups d'aiguille, l'effigie de la personne à laquelle elle jette un sort. Caché derrière son masque, Jacopo Sagredo, âgé de vingt-deux ans, le fils cadet des Sagredo, une fameuse famille de verriers de Murano, l'île du verre de la cité des Doges. Avec sa chevelure blonde et ses yeux bleus, il a gardé un air enfantin, qui évoque les anges de Paul Véronèse. Il gagne, s'excite, et perd de nouveau. Il a beau connaître ces redoutables tricheurs, il se fait à chaque fois avoir.

Doublant régulièrement leur mise, alors que d'autres s'approchent dangereusement du gouffre financier où le banquier cherche à les précipiter, deux joueurs, des Maltais — à en juger du moins par leur accent (l'un porte un masque rouge, l'autre un violet) —, s'enrichissent à la table de jeu. À côté d'eux se tient un jeune aristocrate. Malgré le masque, Jacopo reconnaît les yeux noirs et les mains fines du fils Gritti, Marco Gritti, un noble vénitien de vingt-cinq ans, un peu empâté mais élégant, arborant un jabot de mousseline bouillonnante. Les Maltais observent le souffleur de verre. Ils lui sourient. Et soudain, le jeune Gritti, qui convoite la sœur de Jacopo, le prend à partie :

« Ce n'est pas ton jour, l'ami. Rentre chez toi. Sinon la famille Sagredo va y laisser sa fortune.

— Va au diable, je fais ce que je veux », répond Jacopo avec aigreur.

Il empile les pièces de monnaie qu'il lui reste et pousse la pile sur le neuf de carreau. Les jeux sont faits. D'un signe de la tête, le banquier lui signifie qu'il a perdu sa mise.

Blême, abattu, le jeune Jacopo reste immobile devant la table de jeu, les yeux dans le vide, comme au fond de l'abîme. Il semble qu'il ait beaucoup perdu ce soir. Pris de mélancolie, il se lève sans regarder personne.

***

Au bout de la nuit, quand les Maltais sortent du Ridotto, la première chose qu'ils remarquent, c'est la lune au milieu des nuages, semblable à l'œil d'un témoin qui les a surveillés jusqu'alors à leur insu. Des lambeaux de brume flottent dans le réseau de ruelles. Ils se cachent sous un portique pour attendre patiemment que Jacopo Sagredo, le jeune souffleur de verre, sorte à son tour. Non loin de là, un homme au visage marqué par la petite vérole semble s'être abrité sous un auvent pour priser du tabac.

Une heure plus tard, Jacopo quitte l'établissement, visiblement dépité d'avoir abandonné au banquier de la table de pharaon une grosse somme d'argent.

Un des Maltais l'attrape par la manche. Le verrier se débat aussitôt, prêt à en découdre.

« N'aie crainte, dit doucement le Maltais. Nous voulons juste te proposer un moyen facile de te renflouer.

— Vous voulez m'acheter ! s'insurge Jacopo. Lâchez-moi. Plutôt mourir que de vous donner le secret des miroirs. »

L'autre Maltais essaie de le retenir. Jacopo lui donne un coup de coude au visage qui lui éclate la lèvre supérieure. Il profite de la surprise des deux hommes pour disparaître à toute allure dans le brouillard.

Il ne reste plus aux Maltais qu'à tirer également parti de l'incognito que leur confèrent leurs masques et l'obscurité pour se faufiler dans le labyrinthe urbain. À pas pressés, ils s'engagent dans une *calle* étroite au bout de laquelle un pont enjambe le canal de San Severo.

Une fois au pied du pont, les deux Maltais, perplexes, s'arrêtent, se retournent, mais hésitent à rejoindre le quai d'en face. Cachés par la pénombre, de l'autre côté du canal, trois hommes les guettent. Prudemment, bien que quelque chose les chagrine, les deux Maltais se décident finalement à franchir le canal. Un sifflement les fait tressaillir. Soudain, l'un d'eux est étranglé par un lacet de cuir tandis qu'une dague de verre translucide le perce au ventre. Il s'effondre. À peine son camarade a-t-il le temps de s'en rendre compte qu'il est assailli à son tour, mais il parvient à blesser son agresseur avec son épée et à prendre la fuite. Il court le long du canal et s'enfonce dans deux *calli* consécutives. Le Maltais reprend son souffle dans l'étroitesse de ces conduits lorsqu'un homme corpulent, vêtu de noir, se présente devant lui et lui barre la rue. Il tente de rebrousser chemin lorsqu'un deuxième assaillant se jette aussitôt sur lui. Une main gantée se plaque contre sa bouche pour étouffer son cri et une autre dague de verre se plante dans sa poitrine. Un afflux de sang lui monte à la bouche.

Celui qui semble être le chef de la bande d'assaillants retire son masque, dévoilant un visage aux traits réguliers, mais une peau vérolée. Milan Karpovitch est le chef de la police de Venise. Cet homme redoutable est une légende vivante aux yeux des Vénitiens. Responsable des opérations d'espionnage de la Sérénissime République dans l'Empire ottoman, il fut découvert après avoir été dénoncé par l'un de ses hommes et arrêté par les mamelouks du sultan Mehmet Köprülü. Battu à mort, torturé de jour comme de nuit, Karpovitch n'a jamais parlé. Après avoir dérobé des habits de servante pour se déguiser, il a fini par s'évader de la colossale forteresse de Yedikule, à Constantinople.

Se remémorant toutes ces années secrètes passées dans la terrible prison turque, l'homme a un moment d'absence, puis il donne à ses sbires l'ordre de faire disparaître les corps des deux Maltais.

Au large de la Cité-île, la même nuit, deux ombres humaines rament à une belle cadence, à bord d'une barque en direction du sud-est de la lagune. L'embarcation file à vive allure comme un patin sur la surface égale des eaux aux sombres reflets métalliques. Au fond du bateau, deux gros sacs de toile ficelés comme des momies et lestés de pierres enveloppent des formes humaines.

Debout, l'un à la poupe, l'autre à la proue, les deux hommes poussent vigoureusement leurs longs avirons qui grincent contre les tolets. Ils entendent rejoindre avant l'aube les environs de l'île de Poveglia, une zone de bas-fonds, encadrée par ces bancs d'alluvions lagunaires, pareils à des éponges à fleur d'eau que les Vénitiens appellent *barene*.

Aux abords de cette petite île où se dressent les ruines d'un lugubre lazaret, les deux rameurs laissent la barque avancer au gré de la marée. Une odeur nauséabonde de vase et de putréfaction monte de la lagune. Les premières lueurs de l'aurore font scintiller les cimes des tamarins qui bordent les rivages du Lido. Le rivage semble désert, mais les deux hommes, comme fascinés par les formes fantomatiques de la brume qui l'enveloppe, scrutent encore les côtes de l'île maudite où l'on raconte que plusieurs dizaines de milliers de pestiférés furent brûlés, un siècle plus tôt, avant qu'on ne jette leurs restes dans des fosses.

Un goéland argenté survole si bas l'embarcation que les rameurs baissent la tête par crainte de recevoir un coup de bec. Ils saisissent l'un des sacs par ses extrémités, le soulèvent à grand-peine, le balancent de droite à gauche et le jettent par-dessus bord. Il coule aussitôt. Contre toute attente, le second sac, sans doute moins lesté, remonte à la surface, la toile gonflant sous leurs yeux comme boursouflée par des bubons. Les deux hommes de main frappent le sac de toutes leurs forces avec leurs rames et finissent par s'arc-bouter sur celles-ci pour enfoncer profondément le corps dans la lagune. Les cordons se dénouent et la tête cadavérique du Maltais à la lèvre tuméfiée apparaît à la surface avant de couler pour de bon.

Versailles

Les ouvriers et les jardiniers, assistés de centaines de compagnons, aides et apprentis, s'activent sur le chantier du château. André Le Nôtre supervise la restauration des jardins dont il a dessiné les plans. Il y fait planter un très grand nombre d'arbres, de diverses essences, afin de créer une perspective. Sous la direction de Louis Le Vau, premier architecte du Roi-Soleil, puis de Jules Hardouin-Mansart, les travaux de réaménagement du château se poursuivent la nuit à la lueur de torches. Les bâtiments prennent des proportions pharaoniques. De nouveaux logements ont été créés pour le roi, la reine et tous les membres de la famille royale. Au premier étage, côté sud, se trouve le Grand Appartement de la Reine, et côté nord, celui du Roi. Au rez-de-chaussée, on a par ailleurs aménagé une dizaine d'appartements dont celui des bains, une innovation, côté nord, et celui du frère et de la belle-sœur du roi, le duc et la duchesse d'Orléans. C'est à la place de la terrasse qu'on avait édifiée sur les jardins, à l'ouest, qu'on a décidé de construire la galerie des Glaces pour faciliter le passage entre les appartements du Roi et de la Reine.

Toute une foule constituée de tailleurs de pierre, de peintres, de maçons, de menuisiers, de charpentiers, de contremaîtres et de portefaix grouille autour de l'édifice en construction. Les coups des burins et des marteaux, les grincements des treuils et des poulies, les gémissements des brouettes et des pilons dans les mortiers, les entrechoquements des pioches, des bêches et des pelles font un tel vacarme qu'on se croirait dans le dernier cercle de *L'Enfer* de Dante. La sueur fait luire les avant-bras et perle sur les fronts. Des mains s'agrippent aux barreaux des échelles pour monter et descendre des échafaudages devant la façade de la galerie des Glaces ouverte aux quatre vents.

Palais-Royal, Paris

Louis XIV dîne seul, la plupart du temps. Monsieur, le duc d'Orléans, son frère, se tient debout à côté de lui, lui tenant sa serviette. Il arrive au Roi-Soleil de lui proposer de partager son repas. Ce soir, il demande qu'on apporte un tabouret pour Monsieur.

Des cuisines, le commandant de la bouche royale traverse plusieurs salles jusqu'à la Grande Antichambre pour se présenter devant le souverain et ses hôtes. Les courtisans ôtent leur chapeau et le baissent jusqu'à terre, les courtisanes s'inclinent sur son passage. À sa suite défile une cohorte de valets, chacun portant un plat.

Muni de son bâton de commandement, le commandant de la bouche fait d'abord goûter les plats de la table royale, avant de procéder au service. Pour prévenir tout empoisonnement de Sa Majesté et s'assurer que tous les mets sont absolument délicieux, l'étiquette et la tradition exigent qu'un goûteur et un échanson trempent du pain dans les sauces.

Le commandant de la bouche royale annonce un à un les plats au menu ce soir-là :

« En guise de hors-d'œuvre, il sera servi à Sa Majesté une ballottine royale de faisan, un petit pâté en croûte à la bourgeoise, des huîtres de pleine mer et un aspic de homard bleu en chaud et froid. Quatre potages ensuite : un consommé de bœuf madrilène aux paillettes d'or, un velouté de châtaignes truffé de la Cour d'Italie, une bisque de crustacés en infusion de cèpes et une soupe de potiron. Lesquels seront suivis de rôtis : coquilles Saint-Jacques à la liqueur d'huître, cromesquis de colvert à la Villeroy, lièvre en charpie, rôti de bœuf aux carottes et anguilles fumées et saumon sauvage en sel. Les entremets seront enfin constitués d'une salade aux herbes en feuille d'or, d'une salade de riz à la royale, d'un soufflé aux morilles, d'un fromage glacé, d'un œuf dur, de fruits et d'une bougie en chocolat. »

Ainsi picore-t-on dans des dizaines de plats différents qui se succèdent pendant une heure.

Louis XIV mange avec les doigts ; certains hôtes emploient la fourchette. On boit aussi. Le vin décante dans des carafes sur une crédence, à l'écart de la table.

En guise de cérémonial, un simple geste du roi indique qu'il réclame à boire : l'échanson lui apporte un plateau avec un verre et deux carafes : l'eau et le vin. Louis XIV vide son verre d'un trait : aussitôt demandé, aussitôt englouti.

Tout en dégustant ces mets fins, le roi fait appeler son secrétaire particulier, Toussaint Rose, marquis de Coye. Austère, avec sa longue chevelure grise et filée, le magistrat s'installe à une petite table de travail, pourvue d'un encrier, d'une plume d'oie et d'un bloc de papier. Sur un geste du Roi-Soleil qui ne lui adresse aucun regard, le secrétaire commence à lui faire la liste des récents accidents survenus sur le chantier de Versailles.

« Pour un bras cassé ou une jambe rompue, quelle pension faut-il allouer au misérable, Majesté ?

— Un charpentier ayant une cuisse rompue, soixante livres, dit machinalement le roi. La jambe d'un piqueur cassée, cinquante livres. Un bras cassé, trente livres…

— Et pour une tête cassée ?

— La tête d'un manœuvre ? Vingt livres, voyons. Celle d'un maître, soixante livres. »

Toussaint Rose consigne avec soin les sommes indiquées par le roi.

« Et pour un œil, Majesté ? »

Louis XIV réprime un bâillement en appliquant son poing contre sa bouche.

« Un œil crevé, lâche-t-il en soupirant, vingt livres. Une main cassée, dix-huit livres.

— Et s'il advient qu'un ouvrier meure sur le chantier, Majesté ?

— À la veuve, pour le décès d'un manœuvre, nous accordons vingt livres. Pour la mort d'un compagnon, trente livres. Celle d'un maître, soixante livres… »

Toussaint Rose hésite à poursuivre le décompte.

« Et s'il s'agit d'un fils ? »

Le Roi-Soleil réfléchit, le regard vagabondant par-delà les fenêtres de la Grande Antichambre.

« Quarante », dit-il sèchement. Puis, se tournant vers son secrétaire et frère, Monsieur : « Vous m'avez trouvé bien dur, n'est-ce pas ? »

Toussaint Rose ne dit mot, Monsieur soupire et lève les yeux au ciel dans le dos de son frère. Louis XIV poursuit :

« Une bonne administration de la justice exige que l'indemnité soit versée à cette femme comme aux autres… Mais cette même bonne administration de la justice exigeait tout autant que cette femme soit punie pour l'outrage qui Nous a été fait. J'aurais agi de même si l'offense était venue d'un noble de France, car personne ne doit penser pouvoir s'en prendre impunément au roi. »

Paris, rue de l'Arbre-Sec

Ce 28 avril 1663, dans le salon de l'hôtel particulier des Saumeray, deux serviteurs découvrent un grand tableau : le visage de la jeune marquise de Saumeray, assise, tournée de trois quarts. Vêtue d'une tunique blanche légère et enveloppée d'un châle d'un bleu roi lumineux, elle a dénoué sa longue chevelure brune dont les boucles tombent sur ses épaules.

« Qu'en dites-vous, madame ? » demande Gabriel de Monfort, un jeune peintre élégant au regard clair.

La marquise de Saumeray s'approche de lui sans dissimuler son émotion.

« Vous m'avez rendue encore plus belle... Gabriel, mes draps sont glacés depuis plus d'une semaine, que dois-je comprendre ? »

Gabriel de Monfort prend sa palette et se met à retoucher le tableau en gardant le silence. Le visage de la marquise se rembrunit.

« Ce que je dis vous indiffère ? »

Soudain grave, il baisse les yeux. Elle tente d'obtenir de lui un baiser, mais le jeune peintre détourne la tête.

« Vous aurais-je contrarié ?

Comme absent, Monfort arrête un instant de peindre.

« Que dois-je comprendre ? demande la marquise.

— Je crains de vous blesser.

— Je le suis déjà.

— La vérité, madame...

— La vérité, c'est que vous n'éprouvez plus aucun sentiment pour moi. »

Monfort reste silencieux. La marquise lui tourne le dos pour cacher ses larmes.

« Madame, dit-il doucement, je vous ai aimée comme un insensé, mais cet amour-là s'en est allé… Laissez-moi vous ouvrir mon cœur. Je vous le dis sincèrement, votre beauté, votre charme ne méritent aucune fausseté. »

Sans se retourner, la marquise de Saumeray fait durer le silence plus qu'il n'est convenable.

« Est-il si difficile de dire qui a pris ma place dans votre cœur ?

— S'il vous plaît, Adélaïde, le temps guérira votre blessure. Je souhaite qu'une amitié tendre demeure entre nous. Ce serait un privilège.

— Comme vous êtes ennuyeux, mon cher ! Vous contentez-vous d'une passion moins ardente que la mienne ? Allez-vous-en ! Je suis déjà jalouse de celles qui vous donneront du plaisir. Et davantage encore de celles qui toucheront votre cœur. »

Un bandeau noir sur l'œil gauche, la quarantaine mûre, le marquis de Saumeray fait irruption dans le salon. Remarquant aussitôt que sa jeune épouse est affligée, il regarde la toile de Monfort d'un œil désapprobateur.

« Je vois, cher ami, que ma femme n'a plus de secrets pour vous. »

Imperturbable, ou s'efforçant de l'être, Monfort salue le couple d'un air attristé. La marquise le regarde s'éloigner. Il a l'impression qu'elle tend l'oreille pour écouter le bruit de ses pas dans le grand escalier de marbre jusqu'à ce qu'il ait atteint le seuil de l'hôtel particulier qui donne sur la rue de l'Arbre-Sec, à deux pas du château du Louvre.

Versailles

Charles Le Brun, le premier peintre du Roi-Soleil, a cinquante ans, vingt de plus que le monarque et que son élève le plus proche, Gabriel de Monfort. Avant d'accéder à l'Antichambre royale où ils sont convoqués, Le Brun explique à son élève comment se présenter devant le roi pour lui épargner tout impair. Quatre gardes suisses, armés de hallebardes, vêtus d'habits bigarrés à basques et coiffés de casques à deux pointes aux bords relevés, se dressent de part et d'autre du grand escalier.

« Quand Sa Majesté se présente, on ôte aussitôt son chapeau et l'on s'incline d'abord devant le roi pour le saluer, sans le regarder dans les yeux, ce qui pourrait passer pour un défi. Ne surtout pas tousser. Il n'est pas défendu de parler de vive voix à Sa Majesté, mais mieux vaut que les propos soient pertinents. Aussi contentez-vous de répondre aux questions qu'il vous pose, à supposer encore qu'il s'adresse à vous, ce qui n'est guère probable, si imprévisible que soit notre souverain. »

En entrant dans la pièce, Le Brun et Monfort aperçoivent d'abord le surintendant de la musique du roi, le Florentin Jean-Baptiste Lully, tout enrubanné, le visage couvert d'une épaisse couche de blanc de céruse craquelée par la transpiration, coiffé d'une énorme perruque à rouleaux qui lui tombe sur les épaules. Il dirige un petit orchestre composé d'un clavecin, de trois violons, d'un hautbois, d'un basson et d'une flûte, et bat la mesure en frappant le sol de son lourd bâton de direction.

Contrairement à ce que prévoyait Monfort, Louis XIV ne tarde pas à se présenter. Magnifique et impassible, le Roi-Soleil prend aussitôt la pose, debout, devant son premier peintre. L'avant-bras appuyé sur une console, l'autre replié contre sa hanche, un sceptre à la main, qu'il tient à l'envers comme une canne, le roi avance une jambe gainée de soie comme s'il amorçait un pas de menuet. Ses souliers à hauts talons rouges mettent en valeur le galbe de ses mollets. Sa Majesté porte une armure ou, du moins, un plastron, des spallières et une braconnière. En guise de gorgerin, une longue collerette de dentelle blanche fait ressortir son visage rubicond, encadré par une grande perruque aux boucles brunes. En bandoulière, il arbore la croix de l'ordre du Saint-Esprit, suspendue, comme un pendentif, à un large ruban bleu.

Monfort s'est assis à côté du chevalet de son maître. Tout en effectuant les croquis des mains de Sa Majesté pour le perfectionnement de la toile, il tend les pinceaux à Le Brun et, à sa requête, dilue et étale de nouveaux pigments sur sa palette. Leurs mouvements n'échappent pas au regard de Monsieur, le frère cadet du souverain, qui dévisage Monfort. Le jeune homme en éprouve de la gêne.

À côté de Le Brun, il s'applique tant bien que le mal à s'effacer, comme son maître le lui a suggéré, de telle sorte qu'il se confonde avec le tabouret sur lequel il est assis.

« Sire, dit le peintre royal, votre regard doit se porter au loin. N'oubliez pas que Sa Majesté se trouve sur un champ de bataille, en train de gagner la guerre. Songez aux statues de César. On le voit protégeant Rome et son empire.

— Sommes-nous mieux ainsi, monsieur le peintre ? » dit Louis XIV après avoir insensiblement rectifié sa posture.

Face au roi, la reine Marie-Thérèse d'Autriche, Mlle de La Vallière, quatre dames de compagnie et un petit groupe de courtisans échangent des sourires d'approbation. Seul Monsieur affiche un ennui ostensible, le regard tourné vers le plafond dont il semble examiner les dorures en agitant son éventail.

« Oui, Sire, dit Le Brun, cette position est parfaite.

— Pardonnez-moi, chuchote Monfort, le regard de Sa Majesté ne manque-t-il pas d'expression ? »

Le maître jette un regard noir à son élève occupé à croquer l'armure du roi.

« Vous avez toujours dit que le visage est le miroir de l'âme. Sachez que pour gouverner en paix, un monarque ne doit laisser paraître aucune des passions qui l'agitent. »

Quant à l'art du portrait, le séjour du peintre à Rome, dans sa jeunesse, lui aura été extrêmement fécond. Nicolas Poussin a fait l'éloge de la capacité de Le Brun « à bien observer les différents usages et les habillements des anciens, leurs exercices de paix et de guerre, leurs spectacles, leurs combats, leurs triomphes, sans oublier leurs édifices et les règles de l'architecture latine, etc. » Le Brun s'est employé à copier les grands maîtres, comme Raphaël qu'il admire tant et dont les figures et le style l'ont inspiré. En Italie, il s'est lié d'amitié avec le peintre vénitien Pietro della Vecchia. Une amitié profonde, ponctuée d'échanges épistolaires enjoués.

Insensiblement, Monsieur s'est approché de Monfort, mais moins pour observer l'œuvre en cours, semble-t-il, que pour jauger les fesses du jeune peintre assis sur son tabouret.

Il demande discrètement à Le Brun quel est le nom de ce beau jeune homme. Puis, se tournant vers le Roi-Soleil, lui lance tout à trac :

« Louis, on dirait que vous avez le cul coincé comme notre bien-aimé Colbert.

— Vous avez raison, Monsieur notre frère. »

Le souverain ne semble guère offensé par une telle insolence. Il jette un œil plein d'ironie sur le peintre et son assistant.

« C'est notre bon peintre royal qui nous a suggéré de nous encombrer d'une armure.

— Sire, intervient Le Brun, contrarié. L'essence même du portrait royal consiste à ne montrer que la vaillance du monarque. Si Sa Majesté y consent, j'oserai rehausser davantage la magnificence de l'armure royale de quelques pierres précieuses. »

Lully n'a pas cessé de battre la mesure avec son lourd bâton de direction, tandis que le peintre royal poursuivait son portrait, en jetant un coup d'œil, de temps à autre, sur les dessins de Monfort.

La reine, Mlle de La Vallière, quatre dames de compagnie et tous les courtisans sourient en posant, sur Sa Majesté, un regard tout à la fois admiratif, révérencieux et complice.

Originaire de la petite noblesse de province, Louise de La Vallière, une jeune femme pleine de grâce et d'esprit, mais aussi très timide, a été remarquée par le roi lors d'un de ses nombreux voyages. Loin des afféteries et des intrigues de la Cour, elle craint le jugement de Dieu sur sa liaison coupable avec le Louis XIV et n'est malheureusement pas armée pour les combats auxquels il se prépare.

En marge du groupe, Monsieur s'enfonce, sans la moindre pudeur, l'auriculaire dans l'oreille gauche et le secoue vigoureusement, dévisageant avec gourmandise Gabriel de Monfort.

Murano

Dans l'atelier des verriers de la famille Sagredo, sur l'île de Murano, deux souffleurs de verre, Jacopo et Giovanni, son frère aîné, sont à l'œuvre. De nulle part, comme par magie, leur ballet gestuel fait apparaître des cylindres de verre cristallin dans l'air.

Tout au fond de l'atelier, en vrac les uns contre les autres, de beaux miroirs vénitiens projettent des reflets vifs, éclatants et argentés. D'une pureté parfaite, leur tain capte merveilleusement la lumière avec des tons gris-bleu et un effet pailleté qui scintille comme le flanc d'une daurade.

Âgé de vingt-huit ans, blond comme son frère, robuste et hardi, Giovanni Sagredo fait preuve d'aisance et d'assurance. De six ans son cadet, Jacopo agit comme dans l'ombre de son frère. Les deux jeunes verriers ouvrent les cylindres de pâte de verre en fusion qu'ils viennent de former dans le sens de la longueur pour former des carrés.

Angelo, un ouvrier verrier de vingt-deux ans dont les épaules sont singulièrement dissymétriques, les assiste. Brun, un peu rustre mais d'allure avenante, il surveille la température du four.

Derrière les deux frères et l'ouvrier, le maître verrier, Giambattista Sagredo, le père, les observe en toussant par intermittence. Les cheveux grisonnants et les yeux rouges à cause d'une inflammation chronique des bronches, il se dresse sur des jambes qui paraissent d'autant plus courtes que ses épaules sont larges. Il pose les carrés de verre soufflés par ses deux fils sur des palettes de fer puis les travaille dans des fours à pot de petite dimension pour que les carrés se détendent et s'affinent.

Angelo recouvre aussitôt de cendres ces plaques de verre dont seront constitués les miroirs.

Le père Sagredo ôte son tablier de cuir.

« Nous approchons de la perfection, *cari miei*, dit-il. Elena et Margherita, allez nous chercher du vin, mes colombes. Et aussi ma cassette. »

Elena, la fille du maître verrier, est une jeune femme de vingt-cinq ans à la beauté céleste, à la blondeur vénitienne et au maintien simple et grave, une robe blanc et rouge dessinant parfaitement sa silhouette. Vêtue d'une tunique brune, Margherita, l'épouse de Giovanni, une femme gironde du même âge, se déplace, elle, d'une démarche plus pesante et néanmoins gracieuse.

Quelques minutes plus tard, les deux femmes reviennent dans l'atelier. Elena porte une boîte en fer fermée à clef. Et Margherita, sa belle-sœur, une carafe de vin et des verres sur un plateau. Les deux petits enfants de huit et six ans de cette dernière les rejoignent ; Margherita leur donne des billes de verre et leur enjoint d'aller jouer au fond de la pièce.

Pendant qu'elle remplit les timbales de vin, le maître verrier tire une petite clef argentée de sa poche et ouvre sa cassette : elle est vide.

Le visage du maître verrier pâlit et se décompose.

Jacopo semble mal à l'aise. Il regarde ailleurs. Le père se tourne vers lui, ne pouvant maîtriser davantage sa colère. Il s'empare d'une canne en fer.

« *Sei stato ancora tu*, hurle-t-il.

— *Mi perdoni, padre*, s'exclame Jacopo. Je te promets de tout regagner.

— Comment oses-tu voler ton père ? Espèce de Judas. *Mascalzone !* »

Les coups pleuvent.

Jacopo gémit, protégeant sa tête.

« *No, padre !* » intervient Elena.

Le maître verrier s'arrête et, à grand-peine, reprend son souffle, brisé par une toux sèche et mauvaise.

Mortifié, Jacopo se redresse et quitte aussitôt l'atelier sous les regards de compassion de sa sœur Elena et de son frère Giovanni.

« *Vattene via*, lâche tristement le père Sagredo. Tu n'es plus mon fils. »

Versailles

Bien qu'il fasse nuit noire, contre la façade du château, on aperçoit un échafaudage. Quelques ouvriers travaillent encore, martelant la pierre. Les courants d'air font claquer les bâches et s'engouffrent dans ce salon du rez-de-chaussée avant de le traverser si violemment que des chandelles s'éteignent.

Son bandeau noir toujours serré sur l'œil gauche, le marquis de Saumeray entre bruyamment en compagnie de la marquise, sa jeune et jolie épouse.

À cette heure tardive, un petit comité d'aristocrates est réuni autour d'une table où l'on joue au pharaon. Il y a là Roger de Bussy-Rabutin, récemment élu à l'Académie française pour son œuvre qui relate avec arrogance les frasques de la haute noblesse de la Cour. Charles Le Brun et Gabriel de Monfort surenchérissent à tour de rôle pour faire bonne figure.

« Cette fois-ci, c'est irrévocable, scande Saumeray. Nous sommes définitivement installés à Versailles.

— Vivre dans les gravats, y songez-vous ? dit la marquise en regardant Gabriel de Monfort comme si elle voulait le croquer.

— Vous serez tous des vieillards impuissants quand les travaux de cette pétaudière seront achevés, ajoute Saumeray.

— Le roi l'exige, dit Le Brun. Il va falloir nous y faire.

— Qui sait où l'on va vous loger, chers amis », soupire la marquise.

Elle se débarrasse de l'étole qui enveloppait sa gorge, dévoilant un décolleté pigeonnant sur lequel se braquent aussitôt les regards masculins.

« Sa Majesté en personne attribue les logements, poursuit son mari. Et la Cour, c'est vingt mille personnes, figurez-vous. Patience.

— Alors il va nous falloir courtiser princes et princesses, réplique la marquise, l'air pincé, si nous ne voulons pas dormir sous les combles ou près des cuisines. »

Saumeray fait signe aux laquais de leur apporter du vin et de servir la compagnie.

Alors que la partie repart de plus belle, les joueurs ironisent sur les courtisans à la Cour à la merci des caprices du souverain. D'aucuns perdent leur mise ; d'autres la regagnent. Le comte de Penthièvre, un vieil aristocrate qui cligne sans cesse des yeux tandis qu'un sourire irrépressible lui confère un rictus d'hyène, abat son jeu.

« Si le roi m'avait demandé mon avis, dit-il à grand-peine, son bégaiement se frayant un chemin entre les tics qui le défigurent, j'aurais conseillé à Sa Majesté d'attendre une année de plus avant de quitter Paris. »

Flegmatique et perplexe, ou feignant de l'être, Bussy-Rabutin prend la parole.

« Sachez, monsieur, qu'un courtisan ne doit jamais avoir d'avis. Et, de plus, il doit exercer un empire absolu sur les muscles de son visage. »

Un éclat de rire général mortifie le malheureux objet du sarcasme.

« Dans le seul but de recevoir *sans sourciller*, insiste Monfort, le mépris de nos chères Altesses royales. »

On rit de plus belle. En face de Monfort, la marquise de Saumeray lui adresse un sourire gourmand sans se soucier de le dissimuler à son mari. Elle retire sa chaussure pour caresser la cuisse du jeune peintre avec ses doigts de pied. Le Brun jette un regard noir sur son élève.

« Vous avez raison, dit Bussy-Rabutin avec malice, un bon courtisan ne saurait avoir plus d'esprit que son maître.

— C'est ce que j'appellerais, moi, l'art de ramper ! » s'exclame le marquis de Saumeray en éclatant de rire.

Son rire se propage à la vitesse d'une onde, d'artistes en courtisans, et envahit la salle comme un nuage d'encens.

Le Brun se tourne vers le jeune peintre.

« Modérez votre langage, Monfort.

— Votre protégé a de la chance, intervient la marquise. Sa Majesté couche ce soir à Fontainebleau.

— La tête posée sur les fesses moelleuses de Louise de La Vallière, lance Saumeray en ajustant son bandeau noir et en affectant un profond dépit. Pauvre reine ! »

Un nouvel éclat de rire général achève de déconcerter le marquis. Monfort gagne au jeu, au préjudice de Saumeray, qui s'en afflige avec une moue méprisante.

Murano

Au crépuscule, quand les rayons du soleil font briller les dorures rutilantes de ses palais et de ses églises aux coupoles rondes comme des couvercles de bonbonnière, Venise n'est plus qu'un songe. Les eaux agitées, d'un vert bouteille, prennent soudain une couleur violette et intense que Jacopo, le jeune souffleur de verre, n'avait jamais remarquée auparavant. Le souvenir de la réalité semble d'autant plus cruel qu'elle paraît illusoire, presque évanescente. À quelques centaines de mètres de la petite maison de deux étages où vivent les Sagredo, sur le rio dei Vetrai, à côté de leur atelier, il erre comme une âme en peine. Il remonte la *fondamenta* jusqu'à la lagune et s'assied sur le quai, en face des deux îles désertes de San Michele et San Cristoforo. Seule la première est occupée par une église flanquée d'une chapelle. À l'arrière-plan, pareille à une sainte auréolée d'une icône byzantine, Venise se découpe dans le rouge du soleil couchant.

Jacopo est bouleversé, perdu, devant ce spectacle féerique auquel il craint désormais de ne plus prendre part.

Versailles

Quelle heure est-il ? Il fait encore nuit noire. La plupart des chandelles sont consumées ; des coulées de cire s'entrelacent autour des chandeliers. Les dernières flammes agonisent, accrochées comme des noyés au bout de la mèche. À la table de jeu, quelques joueurs fourbus, ayant perdu une belle somme d'argent, commencent à faire la grimace ; d'autres convives dorment, avachis dans des fauteuils. Un laquais remplit leur verre de vin blanc dès qu'ils en ont bu une gorgée. Monfort, un peu ivre, n'en finit plus de gagner et d'agacer ses voisins. Épuisés, les joueurs n'en laissent pas moins se propager, de temps à autre, dans un lourd silence, un éclat de rire nerveux quand ils perdent, qu'on doit entendre jusque dans le jardin.

La marquise pose soudain son jeu, se lève, s'excuse pour aller, dit-elle, là où personne ne peut la remplacer. Un laquais lui montre aussitôt le rideau derrière lequel se rendre en lui tendant discrètement un pot de chambre. Monfort voit disparaître la marquise derrière les tentures suspendues à l'angle opposé de la pièce. Les rideaux entrebâillés lui permettent de l'apercevoir qui soulève sa robe et s'accroupit, mais il ne voit pas qu'elle tire en même temps des cartes à jouer cachées dans un pli de son corsage. Une fois rhabillée, elle dissimule ces cartes dans la paume de sa main gauche pour pouvoir les utiliser à sa guise.

Concentré sur le jeu, quoique lui aussi étourdi par les vapeurs d'alcool, les paupières de plus en plus pesantes, son bandeau noir de travers ne masquant plus qu'à moitié son œil gauche, le marquis de Saumeray se tourne vers le jeune peintre.

« Il me semble avoir vu passer deux valets de cœur dans ce jeu, remarque-t-il d'un air suspicieux.

— Trop de vin fait voir double, marquis », dit Monfort en haussant un sourcil.

Le visage de Saumeray se crispe. Son verre est vide. Mais le marquis a du mal à dissimuler sa colère. Le laquais lui ressert aussitôt du vin.

« Vous trichez, Monfort, je l'ai vu », dit le marquis.

Gabriel sent soudain le dos du pied nu de la marquise lui caresser le mollet.

Tout le monde se fige. Le jeune peintre est sur le qui-vive. Il retrousse ses manches. Aucune carte ne s'y cache.

« Voyez par vous-même. Vous êtes mauvais perdant.

— Et vous, réplique Saumeray, offusqué, vous portez l'insolence au-delà de votre rang.

— Vous oubliez que le père de M. de Monfort est le duc de Murat-Rochemaure, observe Le Brun.

— Un duc qui n'a pas jugé opportun de reconnaître son fils, rétorque Saumeray.

— Ne vaut-il pas mieux être le bâtard d'un duc que menteur de bas étage, monsieur ? »

Quelques joueurs osent ricaner.

Saumeray rougit vivement et se lève d'un bond. La marquise essaie en vain de retenir son mari.

« Je ne souffrirai pas qu'on m'offense de la sorte. Il va falloir en découdre avec moi, monsieur. À l'aube, nous choisirons nos armes. »

Attristé, Monfort jette ses cartes sur la table.

« Fort bien », dit-il en regrettant aussitôt de l'avoir dit.

Les joueurs se taisent, redoutant que le marquis et le jeune peintre ne s'échauffent davantage. Mais, constatant que Monfort est plus troublé qu'embarrassé, Saumeray le laisse partir sans dissimuler son hostilité ni son mépris.

« Un homme qui a de l'humeur ou de la susceptibilité ne saurait réussir à la Cour », constate Bussy-Rabutin en étouffant un rire.

Sensibles à cette saillie, certains sourient à l'académicien par politesse, comme s'ils l'approuvaient. Le Brun se lève, la mine sévère, frappée d'une profonde inquiétude. Il prend le marquis en aparté : « Jurez-moi que ce duel s'arrêtera au premier sang. »

Saumeray hausse les épaules en faisant une drôle de moue. Il saisit la main de sa femme, blottie contre lui.

« Ce bâtard se souviendra de moi. À supposer que Dieu veuille bien lui prêter vie. Du vin, j'ai soif ! » s'écrie-t-il à la cantonade.

***

Des écharpes de brume se croisent depuis l'aurore quand le marquis de Saumeray et Gabriel de Monfort se rencontrent, comme convenu, avec leurs témoins respectifs à trois kilomètres du château de Versailles, dans le petit bois de La Boulie. Charles Le Brun est le témoin de Monfort, et le comte de Penthièvre, le vieil aristocrate au visage plein de tics, celui de Saumeray. Un médecin s'est joint au groupe. Accoudée à la fenêtre dans la voiture du marquis, à quelques mètres de là, la jeune marquise, qui a insisté pour accompagner son époux, observe la scène, un mouchoir de batiste à la main.

Les deux adversaires reçoivent leurs épées et se saluent gravement. Saumeray jette son manteau, ôte son pourpoint et resserre le bandeau noir qui lui couvre l'œil gauche pour montrer à Monfort qu'il ne reculera pas devant lui. Désolé d'en être arrivé là, Gabriel se demande comment se tirer au plus vite de ce mauvais pas, sans effusion de sang. Peut-être suffit-il à Monfort d'« impressionner » Saumeray pour le dissuader de se battre. Il secoue son épée en l'air et en fait voler d'un seul coup le fourreau à vingt pas. Puis il ploie la lame en l'arc-boutant sur sa botte et en vérifie la pointe, qui lui donne entière satisfaction.

Voici les deux hommes face à face, l'épée nue à la main droite.

Les fers se croisent; Monfort fait d'emblée preuve d'impétuosité, obligeant Saumeray à parer plusieurs fois en quarte. Le marquis bat en retraite et trébuche.

« Arrêtons-nous là, monsieur, dit Monfort. »

Piqué au vif, le marquis se crispe. Il se fend aussitôt et porte un coup à son adversaire qu'il blesse à l'épaule gauche. Le sang coule sur la chemise de Gabriel de Monfort. La marquise tressaille.

« Messieurs, dit Saumeray d'une voix rauque, désolé de vous offrir un duel aussi navrant, mais notre ami semble avoir le bras trop court. »

Le marquis change son épée de main pour épater les témoins et le médecin.

« Vous me paraissez plus habile à manier les cartes que l'épée », fanfaronne-t-il.

Il ne reste plus à Monfort qu'à donner une leçon à son adversaire. S'il le désarme, la réconciliation s'imposera et ils seront quittes. Aussi riposte-t-il de toutes ses forces en redoublant ses fentes. Dans une passe, il relève avec beaucoup d'adresse l'épée de Saumeray. Le marquis perd l'équilibre. Avant qu'il n'ait le temps de se redresser, Monfort pique involontairement la carotide de son adversaire. Un flot de sang jaillit. Saumeray s'effondre dans l'herbe.

La marquise mord son mouchoir. Puis accourt et s'agenouille près du médecin pour examiner son mari.

Malgré tous les efforts du médecin, qui comprime l'artère contre la colonne vertébrale, il est trop tard. L'hémorragie emporte la vie de Saumeray, qui succombe devant Monfort, tétanisé. La marquise cache son visage dans ses mains et se prosterne devant son mari.

Le jeune peintre regarde le corps de son adversaire d'un œil hagard.

Le Brun le saisit par le bras.

« Malheureux, quittez Versailles au plus vite !

— Non, il en va de mon honneur. »

Le visage de Le Brun s'assombrit.

« Il en va de votre sort. »

Venise

Située dans une des parties les plus secrètes du palais des Doges, la petite salle des Trois Inquisiteurs d'État est circonscrite par des murs entièrement tendus d'un cuir incrusté de motifs dorés. Trois sièges garnis de coussins de maroquin noir, un grand bureau en noyer, d'immenses armoires oppressantes, plaquées contre les murs, et un banc destiné aux secrétaires meublent la pièce. Au plafond, un tableau du Tintoret représente les quatre vertus théologales, et une *Vierge* de Raphaël figure au-dessus du tribunal suprême.

Par une porte dissimulée dans un mur, on peut descendre aux « Puits », les prisons souterraines où les détenus meurent de froid et d'humidité en hiver, ou bien monter à celles des greniers, encore plus redoutables, qu'on appelle les « Plombs » parce qu'elles sont recouvertes de ce métal du côté du toit : les prisonniers y cuisent, l'été, comme des écrevisses dans l'eau bouillante.

Les trois Inquisiteurs sont de puissants magistrats chargés de surveiller la divulgation des secrets d'État. L'un d'eux, l'Inquisiteur rouge, est élu parmi les conseillers du doge, et les deux autres, ou Inquisiteurs noirs, sont nommés par le Conseil des Dix. Indépendante du Grand Conseil, leur magistrature dispose de pouvoirs illimités sur la police de la Sérénissime République. Elle doit empêcher, coûte que coûte, que ne s'échappe le secret de fabrication des miroirs au mercure de grandes dimensions, d'une exceptionnelle pureté, grâce à une soude spéciale importée d'Orient. Depuis des siècles, la Sérénissime défend jalousement ce secret hérité de Byzance, devenu l'un des joyaux de la

République, et le métier qui lui rapporte le plus. Les moyens employés pour protéger ce secret sont laissés à l'entière discrétion des Inquisiteurs. Celui qui tenterait de le divulguer est menacé de mort.

Flanqué de ses deux confrères « noirs », sur le point de s'emporter, l'Inquisiteur aux vêtements écarlates frappe du poing le bureau du tribunal.

« Devant les ambassades, le Ridotto et toutes les pensions, doublez vos espions, s'exclame-t-il. Que nos gondoliers et nos prostituées tendent l'oreille ! Il me paraît invraisemblable que ces Maltais agissent sans être aidés par des complices vénitiens. »

Debout face au tribunal, le regard fuyant, l'homme à la peau vérolée acquiesce.

« Nous les ferons disparaître, Monseigneur.

— Cela vaudrait mieux pour vous, Karpovitch, intervient froidement le Rouge. Qui les a engagés ? Vous avez une idée ?

— Le nouveau secrétaire de l'ambassade d'Espagne a été invité au palais Falier, assure Karpovitch. Il y a passé la nuit, alors que cet homme passe pour un couche-tôt. Il est notre principal suspect. Mais je soupçonne les Français. Ils sont sûrement impliqués dans l'affaire.

— Surveillez ces maudits Français. Et ne lâchez pas ce sodomite d'ambassadeur espagnol, insiste le Rouge en se levant brusquement. Nous allons lui trouver un mouchard qui saura se glisser dans ses draps. Continuez ainsi, c'est bien. Mais cherchez d'autres pistes. »

Paris

Après que le geôlier l'a fait entrer dans une salle de garde de la prison de la Bastille, Le Brun croise une femme au visage dissimulé derrière une voilette. Il reconnaît le regard de la marquise de Saumeray. Le geôlier lui enjoint de le suivre dans un couloir au bout duquel il ouvre une cellule et verrouille la porte aux barreaux de fer derrière lui. Le Brun s'assied sur un banc. L'air grave et les traits froissés d'un vieil homme qui n'a pas dormi de la nuit, il lève lentement les yeux. Face à lui, les fers aux pieds et aux mains, se tient Monfort. Il est sale, il pue ; sa chemise est maculée et déchirée. Il demande à Le Brun de lui verser la cruche d'eau sur la tête.

De l'autre côté de la porte, un second geôlier en uniforme de la garde royale se joint au premier pour surveiller les deux hommes.

« Votre cas est désespéré, dit sinistrement Le Brun. Les duels ont décimé tant de beaux esprits et privé l'armée d'un si grand nombre de valeureux capitaines que Sa Majesté a promulgué un édit les interdisant. Saumeray était un cousin du roi. Dans le meilleur des cas, vous serez banni de France ou envoyé aux galères. Inutile d'espérer une grâce royale. »

Abattu, Monfort se tait, le menton reposant dans sa main.

« Cela m'afflige profondément, reprend Le Brun. Avez-vous un message à faire passer à l'un de vos proches ? »

Monfort réfléchit et demande à Le Brun de l'aider à retirer la chevalière qu'il porte à son annulaire.

« Gardez cette bague en souvenir de moi », dit-il en poussant un soupir.

Le Brun la glisse dans son pourpoint. Les gardiens grognent. Le temps accordé à ce dernier entretien touche à sa fin. Monfort se lève et se laisse tomber dans les bras de son aîné qui le serre fort contre lui.

Versailles

Dans l'antichambre du roi, une maquette à grande échelle de la galerie des Glaces est exposée sur des tréteaux. On en distingue tous les détails, jusqu'aux parquets cirés. Tout autour, quatre hommes, proches du roi, observent ce prototype sous toutes les coutures et sous tous les angles. Vêtu de noir, la tête encadrée par une collerette de dentelle, Jean-Baptiste Colbert, le contrôleur général des finances, virevolte, se baisse et se penche à la manière d'une chauve-souris. Coiffé d'une perruque trop grande pour son crâne, l'architecte Jules Hardouin-Mansart ressemble à un lévrier éploré. Le bon Le Brun entend faire valoir son titre de directeur de la manufacture des Gobelins, tandis que cherche à s'imposer le financier Nicolas du Noyer, un homme maigre et raide comme un échalas. Colbert vient de nommer ce dernier à la tête de la Manufacture royale de glaces de miroirs qu'il a établie par lettres patentes en octobre 1665.

« Messieurs, dit l'éminence grise du royaume, j'ai reçu une dépêche des plus inquiétantes de l'évêque de Bonzi, notre ambassadeur à Venise. Il va nous falloir trancher. »

Hardouin-Mansart fait une moue dédaigneuse.

« Nous frôlons le ridicule aux yeux du roi, monsieur le ministre.

— Je dirais plutôt que c'est une tragédie, monsieur Mansart, réplique Colbert, froissé et courroucé. Vos lubies des miroirs nous ont fait perdre nos espions, et je vous fais grâce de nos informateurs, assassinés au même rythme. »

Le Brun lève les yeux au ciel.

« Quand allons-nous revenir à la tradition de la peinture sur bois ? dit-il sèchement. Ce plan pour voler la formule des verriers vénitiens est absurde.

— Pourquoi ne pas les acheter, leurs miroirs ? demande Hardouin-Mansart. Le chantier ne peut plus attendre.

— Aux prix exorbitants où les Vénitiens veulent nous les vendre, jamais ! tranche Colbert d'un geste brusque. Nous devons mettre un terme à ce monopole de l'industrie verrière par la Sérénissime. »

À peine le contrôleur général des finances a-t-il achevé sa phrase que le Roi-Soleil fait son entrée magistrale dans l'antichambre. Poudré, emperruqué et coiffé d'un grand chapeau en feutre noir empanaché, garni d'une plume de faisan, il est vêtu simplement d'une ample chemise bouffante, à manches froncées, terminées par des manchettes de dentelle et relevées aux coudes par ces bouclettes de ruban qu'on appelle « petites oies ». Les talons hauts et rouges de ses souliers au bout carré, incrustés de pierres précieuses et ornés de rubans noués en ailes de moulin, claquent sur le parquet et le font grincer. Les quatre hommes se taisent et s'inclinent.

« Que nous valent ces mines chafouines et déconfites, messieurs ? » demande Louis XIV d'un air suspicieux.

Le roi tourne autour de la maquette de la galerie des Glaces et sourit, comme enchanté par ce qu'il voit.

« L'obstination de notre architecte risque de nous conduire à vider les caisses de l'État, hasarde confusément Colbert.

— Sire, intervient humblement Hardouin-Mansart, mon projet est à la mesure de la splendeur de Sa Majesté. En réfléchissant les fenêtres, les dix-sept arcades de la galerie, garnies de miroirs, ne laisseront plus aucune place à l'ombre. De surcroît, de quelque endroit que se tiendra Sa Majesté, quelles que soient la saison et l'heure du jour ou de la nuit, elle aura toujours vue sur ses jardins.

— De telle sorte, dit audacieusement Le Brun, qu'il ne me restera plus que les plafonds pour exercer mon art. »

Louis XIV reste silencieux et jette un long regard pénétrant sur chacun des quatre hommes qui l'entourent comme s'il les passait en revue. Tous, Hardouin-Mansart au premier chef, attendent anxieusement les commentaires du roi. Ils tardent tant à venir que l'inquiétude décompose le visage de l'architecte.

L'attente ayant assez duré, Louis XIV, faisant la moue, les yeux plissés et le menton en avant, comme s'il avait discerné un défaut sur la doublure d'une veste, s'exprime enfin :

« Monsieur Colbert, dit-il d'un air amusé, comment expliquez-vous qu'une république aussi minuscule s'oppose encore au désir du roi de France ? Les Vénitiens se plaisent à être masqués, n'est-ce pas ? Que peut-on souhaiter de mieux pour percer un secret ? »

Colbert et Le Brun sont comme sonnés par la réplique du roi. Hardouin-Mansart et du Noyer, eux, sourient d'aise.

« Les désirs de Sa Majesté sont des ordres. »

DEUXIÈME PARTIE

Page 48.
Vue du Palais des Doges depuis le Bassin de Saint Marc, Venise.
Gravure de Attilio Zuccagni-Orlandini (1784-1872)

Venise

Chapeauté, arborant une bavette de batiste et des manchettes de dentelle, une veste rouge, des hauts-de-chausses à rubans et des souliers à talon à la mode française, Monfort sort d'une étroite *calletta* sombre, franchit un pont et s'engouffre dans une autre ruelle.

Le Français ne tarde pas à se rendre compte que le goût vestimentaire des Vénitiens est beaucoup plus sobre que celui de la cour de Versailles. Dans la République vénitienne, la coutume plutôt que la règle exige que les hommes revêtent une modeste livrée à boutons, et les femmes, une simple robe à décolleté, avec un châle sur les épaules. Sans perruque, l'usage ne s'étant pas répandu dans la Sérénissime, les hommes ne sont coiffés que d'une toque ou d'une calotte, et les femmes d'un fichu, comme des paysannes. Seuls les officiers de marine, capitaines de galère ou mercenaires agissant pour le compte de l'État-île, et les grandes dames arborent des chapeaux à panache et des bottes de cuir qui leur arrivent jusqu'aux genoux.

Quelques Vénitiens, dont un homme à la peau vérolée qui s'en réjouit, le poursuivent sans peine à la trace. Il suffit d'observer la réaction des passants pour savoir où il est. Monfort est tellement émerveillé par la Cité-île qu'il en arrive à oublier la mission qu'on lui a confiée. Sans l'entremise de Le Brun, qui est parvenu à convaincre le Roi-Soleil qu'il était l'homme idéal pour l'accomplir, il aurait certainement été exécuté en place de Grève ou condamné aux galères perpétuelles. Il a eu la vie sauve grâce au premier peintre du roi, mais à la condition qu'il remplisse la mission périlleuse et capitale que lui a confiée Louis XIV : celle de voler aux verriers vénitiens le secret alchimique de fabrication des miroirs cristallins.

***

L'atelier du peintre Pietro della Vecchia est au rez-de-chaussée d'une vaste demeure de deux étages. Meublé sobrement, il s'ouvre sur le campo des Santi Giovanni e Paolo.

Des assistants y broient des couleurs tandis que des doreurs appliquent de la feuille d'or sur les vêtements des personnages d'un tableau. Originaire de Vicence et âgé d'une soixantaine d'années, la barbe grise et les cheveux blancs, le maître baroque termine le portrait du doge de Venise. Monfort s'approche du peintre et examine le tableau.

Pietro della Vecchia le salue dans un français irréprochable en dépit d'un accent vénitien très marqué.

« Je ne vous attendais pas de sitôt », dit-il non sans ironie.

Della Vecchia se retourne et fixe le jeune Français du regard.

Gêné, Monfort pointe son index vers la chemise d'un personnage à l'arrière-plan du tableau.

« Maître, comment obtenez-vous ce bleu outremer ? Je n'en ai jamais vu de pareil.

— Ce pigment naturel est extrait du lapis-lazuli. C'est une spécialité vénitienne. Nos marchands se le procurent à Trébizonde, au bord de la mer Noire, mais cette pierre provient en réalité d'Afghanistan. Les peintres florentins nous en achètent beaucoup. Vous aurez l'occasion de l'utiliser. Mon *vendecolori* m'en fournit un d'excellence qualité. Mais dites-moi plutôt comment se porte mon vieil ami Le Brun. Cette jambe droite qui le faisait tant souffrir à Rome, l'emploie-t-il de nouveau comme il l'entend ?

— Il ne s'en plaint plus en tout cas », prétend Monfort.

Le maître fait un signe à l'un de ses assistants.

« Paolo, *caro mio*, apporte donc un verre de vin à notre ami. Il arrive de Paris. Il doit avoir soif. »

Puis, avec désinvolture, à l'intention de Monfort :

« Maître Le Brun ne tarit pas d'éloges sur vous. Vous avez fait bon voyage, au fait ?

— Oui, dit le Français. Enfin, le plus éprouvant, c'est de franchir les Alpes. »

Della Vecchia continue de peindre avec application.

Embarrassé, le Français hasarde un compliment.

« Le Brun affirme que votre art allie subtilement les factures de Rubens et de Titien.

— Sacré Le Brun ! s'exclame della Vecchia, comme s'il n'en croyait pas un mot. Nos disputes à Rome étaient mémorables. Il préférait Leonardo da Vinci à Michel-Ange ! Piero della Francesca à Botticelli ! Et moi, c'est tout le contraire. Aujourd'hui, plus personne ne me contredit. Mes rivaux sont morts, mais moi, malgré mon âge avancé, je suis toujours en forme. Et ce château de Versailles dont on nous parle tant ? Notre ambassadeur prétend qu'il ne peut y garder les yeux ouverts tant les ors des plafonds l'éblouissent.

— Versailles est à l'image de la gloire solaire de notre roi, déclare solennellement Monfort. Le roi lui a demandé de peindre les plafonds de la Grande Galerie. Monsieur Le Brun y est désormais peintre à plein temps.

— Alors pourquoi diable ne vous a-t-il pas gardé auprès de lui ? »

Monfort hésite avant de répondre.

« *Devo ancora apprendere la tecnica italiana prima di dedicarmi ai dipinti biblici della cappella reale*, dit-il enfin.

— Votre italien est parfait, remarque le maître comme s'il n'avait pas écouté ce que le Français vient de lui dire, mais uniquement la manière dont il l'a dit.

— Pour tout vous dire, c'est ma langue maternelle. »

Arrive une jeune femme aux yeux clairs et à la peau laiteuse, ronde comme la *Bethsabée au bain* de Rembrandt. Elle tient par la main deux petites filles de cinq et sept ans. Monfort semble piquer sa curiosité. Elle lui adresse un sourire qu'il trouve curieusement espiègle.

« Ah ! voilà mes trois anges ! » s'exclame della Vecchia.

Il prend les deux enfants dans ses bras pour les embrasser.

« Clorinda, mon épouse, ajoute-t-il. Figurez-vous que cette jolie fleur a été importée à Venise. Son père est un fameux caravagiste baroque dont vous avez sûrement entendu parler : Niccolò Renieri. »

La jeune femme, qui doit avoir vingt-cinq ans de moins que son mari, salue Monfort d'un signe de la tête. Et lui adresse encore un sourire mutin, découvrant une dentition parfaite.

« Clorinda, ma chérie, dit della Vecchia, va montrer à monsieur son logement. »

***

Au centre du campo des Santi Giovanni e Paolo, sur lequel se déploie l'ombre de l'immense basilique, se trouve un de ces puits en marbre que les Vénitiens appellent *vere da pozzo*. Trois femmes y puisent de l'eau en papotant alors que Monfort traverse la place en compagnie de Clorinda.

« On appelle votre père Nicolas Régnier à Paris, lui confie-t-il. Est-il aussi fameux à Venise pour qu'on ait aussi italianisé le nom de ce peintre flamand ?

— Figurez-vous qu'il est devenu célèbre à cause de ce tableau qui a fait scandale. Avez-vous entendu parler de sa *Jeune Femme à sa toilette* ? répond Clorinda.

— J'aimerais beaucoup le voir.

— Il appartient désormais au doge. Je crains qu'il n'hésite à vous le montrer après les quolibets que son premier possesseur a essuyés, tant cette peinture a attisé le débat sur la place des femmes dans la société vénitienne. C'est le portrait d'une Vénitienne, de dos, en train de se contempler dans un miroir en ajustant des fleurs au-dessus de son oreille gauche. Mon père songeait à une Madeleine pénitente, mais les gens ont comparé cette femme à Narcisse. Depuis lors, on prétend que c'est une allégorie de la Vénitienne effrontée qui revendique le droit de profiter de cosmétiques, de bijoux et d'une garde-robe luxueuse. Mais j'aurai l'occasion de vous le montrer, mon père en a secrètement fait une copie. Nous voici arrivés. »

Devant eux, au bout du canal qu'ils viennent de longer, se dresse une maison de trois étages. Monfort n'a pas eu la présence d'esprit de noter le nom de cette *fondamenta* et du canal qui lui est associé. Clorinda tire une clef de la poche de son tablier et l'agite avec un rire espiègle devant le nez de Monfort.

« C'est là… Allez, venez, ne soyez pas timide », dit-elle d'un air enjoué.

***

À la suite de son hôtesse, Monfort grimpe un escalier étroit jusqu'à ce que Clorinda s'arrête devant une grosse porte en chêne. Elle glisse la clef dans la serrure et le Français découvre une chambre dont l'unique porte-fenêtre est ouverte. Il s'y dirige aussitôt pour contempler la vue. Un balcon exigu donne sur le nord de la lagune tout emmitouflée dans un épais brouillard. Un paysage gris et morose où il distingue, en se penchant à la balustrade, le mur d'angle de l'île des Morts. Pour le reste, la pièce n'est meublée que d'un lit, d'une crédence, d'une table ronde, d'un broc de toilette et d'une cuvette en céramique.

« S'il vous manque quelque chose, n'hésitez pas à venir m'en faire part », lui dit aimablement Clorinda, soudain gênée, semble-t-il, par la sobriété pour le moins spartiate de la pièce où logera Monfort. Mon époux et ses assistants déjeunent à midi sonnant, précise-t-elle. Soyez à l'heure, épargnez-nous la mauvaise humeur du maître dès qu'on déroge à ses habitudes. »

Le Français ôte sa perruque, déboutonne sa veste de velours rouge et s'approche du petit miroir vénitien accroché au mur, en face de la cheminée. Le reflet de son visage y apparaît d'une extrême netteté.

Rubiconde, comme si le feu lui était monté au visage, la jolie Flamande éclate d'un rire cristallin en le voyant s'émerveiller de la clarté des miroirs vénitiens et prend congé de Monfort.

Une fois seul, le Français déroule une carte de Venise sur la table et l'étudie avec concentration dans la perspective d'explorer la cité des Doges méthodiquement.

***

Pour sa première sortie, soucieux de son incognito, le Français s'est coiffé d'un chapeau de feutre noir et couvert d'un manteau de la même couleur, comme n'importe quel quidam. Même sa bavette de dentelle, fort simple, participe à ce camouflage : il lui donne l'air d'un notaire, d'un comptable ou d'un marchand vénitien. Monfort a décidé de gravir la centaine de marches qui conduisent au sommet du Campanile qui domine tout Venise dans les airs. Il s'y rend vers midi, heure à laquelle la plupart des Vénitiens, à commencer par Pietro della Vecchia, s'apprêtent à prendre une collation, après cinq ou six heures de travail. Comme il s'y attendait, personne, hormis un gardien à moitié sourd dans la *loggetta* de Jacopo Sansovino, au pied de la tour.

Une fois au sommet du clocher, Monfort fait le tour de l'observatoire d'où l'on peut contempler la cité lacustre à trois cent soixante degrés à la ronde. Il sort la longue-vue qu'il a dissimulée dans la poche intérieure de sa veste et la pointe en direction du quartier où il loge, au nord, dans l'axe de l'île de Murano. Ce point de vue aérien le déconcerte. La proximité, ou l'éloignement, de la plupart des paroisses ne semble pas correspondre à l'idée du plan urbain qui s'est insensiblement formée en lui lorsqu'il arpentait la ville.

Puis, lentement, il balaye du regard les toitures d'où émergent les églises ou, du moins, leurs coupoles et leurs clochers comme des seins pointés vers le ciel, et s'applique à les reconnaître une à une. La basilique San Marco, si singulière, si sensuelle, si orientale, a l'air tout droit sortie d'un recueil de contes arabes ou persans. Au loin, il distingue les cheminées des verreries de Murano.

Monfort a du mal à retrouver les repères terrestres qu'il avait observés sur la carte quand il entend des pas résonner derrière lui, en haut de l'escalier. Il remet aussitôt sa longue-vue sous son manteau et enfonce son chapeau sur ses yeux. Un jeune homme blond aux traits efféminés et aux habits noirs fait son apparition au sommet du Campanile en compagnie d'un homme beaucoup plus âgé que lui. Ils saluent le peintre français d'un bref signe de la tête. Et s'extasient aussitôt en découvrant le palais des Doges, la place Saint-Marc et la cité qui s'étend à perte de vue.

« *Che meraviglia ! Che spettacolo !* »

En retrait, l'oreille tendue, Monfort écoute les commentaires de l'homme plus âgé qui se repère manifestement mieux que lui et désigne, sans la moindre hésitation, chacun des clochers. Il s'attarde sur un palais qu'il appelle *la nostra ambasciata* — « notre ambassade ». Avec sa fraise, on dirait un personnage de Vélasquez. C'est alors seulement que Monfort reconnaît son accent espagnol.

***

Ayant un même tempérament de collectionneur et d'entrepreneur, Nicolas Régnier et Pietro della Vecchia ont souvent fait de belles affaires ensemble. Le Vénitien s'est naturellement attaché à la fille de son ami flamand : l'attraction étant réciproque, leur mariage s'est imposé tout aussi naturellement.

Formée par son père, Clorinda est devenue une très bonne peintre.

Un matin, Monfort se retrouve à côté d'elle, dans l'atelier de della Vecchia, pour mélanger des pigments et choisir des pinceaux. La sympathie spontanée qu'il avait éprouvée pour Clorinda lors de leur première rencontre est confirmée par cette proximité.

Assis sur leurs tabourets parmi les va-et-vient des assistants du maître, les voici qui dessinent une même nature morte, simple composition de fruits qu'ils traitent à la sanguine : pommes, poires, raisins, coloquintes, agencés en une pyramide. Le pigment ocre crisse sur le papier à mesure que les esquisses des jeunes peintres prennent consistance. Ils se sont installés dans un coin de l'atelier où della Vecchia a suspendu une cage. Un couple de perruches des Amériques, une verte et une bleue, s'y balance sur un perchoir, côte à côte. Silencieux, concentrés sur leur tâche, les deux artistes sont surpris de voir soudain débarquer le maître des lieux. Pietro della Vecchia brandit un gros poisson. Monfort reconnaît aussitôt l'aspect cauchemardesque de la lotte.

« Peignez-moi ce poisson pendant qu'il est encore frais et avant qu'il ne finisse dans la casserole », s'écrie le peintre vénitien à la cantonade comme on lance un défi.

Il s'agit, précise-t-il, que chaque nature morte, agrémentée de cette lotte, soit réaliste au point de vous mettre en appétit.

« Ce poisson est aussi bon qu'il est laid. On dirait une chimère », observe malicieusement Clorinda.

Tandis qu'un des assistants s'empare de la lotte, della Vecchia se penche sur le dessin de Monfort.

« Mais c'est que vous êtes un excellent dessinateur, dites-moi. *Ragazzi, portatemi subito il* Martirio di santo Stefano. »

Deux assistants se présentent avec une grande toile. Ce tableau est destiné à décorer une église romaine, explique della Vecchia. Une composition singulière : les personnages qui entourent saint Étienne, le martyr lapidé, ont l'air fiévreux. Et toutes les figures féminines ont les traits de Clorinda.

« En qualité de peintre officiel de la Sérénissime République de Venise, j'ai reçu la commande de cartons pour la réalisation des mosaïques de la basilique San Marco. Ce travail m'accapare à présent, mais le Vatican me presse de lui livrer ce *Martyre de saint Étienne*, ajoute-t-il en désignant la toile. Bref, je n'ai plus le temps de m'y consacrer. Monfort, je vous charge de terminer les compagnons du martyr. Vous êtes libre de vous inspirer des personnages que vous croiserez à Venise. À moins que vous ne fassiez appel à votre imagination. »

Monfort croise le regard complice de Clorinda.

La jeune femme lui sourit de bonne grâce et baisse les yeux.

***

Au crépuscule, Monfort se laisse volontiers griser par le labyrinthe urbain, mais, méfiant, il évite de s'engager dans certaines rues à l'allure de coupe-gorge. Il a croisé à deux reprises un petit homme aux cheveux bruns coupés en brosse, à la tête de rongeur, et en a gardé la désagréable impression que celui-ci le suivait. Superposé au réseau de canaux sombres et parfois lugubres (le danger de voir surgir d'une ruelle un malfaiteur n'ôte rien au charme de l'itinéraire), ce dédale réserve pourtant de belles surprises comme cette noble silhouette fugitive qui traverse le campo des Maures, près de la paroisse de la Madonna dell'Orto, où se trouve l'ambassade de France. Des marchands de fruits et légumes achèvent de démonter leurs étals ; des mendiants estropiés et édentés réclament quelques denrées abîmées dont ils prétendent délester les charrettes ; un saltimbanque crache du feu en jonglant avec des boules multicolores à côté d'un oiseleur qui vend des perruches des Amériques. Et, plus loin, sur l'esplanade des Santi Apostoli, un attroupement se forme au passage d'un cortège de soldats qui transportent une cage de fer dans laquelle un couple de lions se démène et rugit. Ces fauves magnifiques, symboles de l'évangéliste Marc, patron de la ville, arrivent de Libye par voie de mer. Les badauds apprennent à Monfort que les deux lions ont été achetés par la famille florentine Tornabuoni, mais que, pour leur épargner un second pénible voyage, ils passeront l'hiver à Venise avant de rejoindre la Toscane au printemps.

***

À la mort de son oncle, Pierre de Bonzi fut nommé évêque de Béziers par Louis XIV qui tenait à ce que cet évêché restât dans la famille. Il n'avait pas trente ans. Trois ans plus tard, après avoir été chargé par le roi de quelques négociations à Rome, celui-ci lui attribua l'ambassade de France à Venise. Elle occupe un édifice à l'écart, le palais Rizzo Patarol, au nord de la ville, non loin des églises de Sant'Alvise et de la Madonna dell'Orto.

C'est là que notre peintre français rencontre, six mois plus tard, le prélat diplomate aux yeux noirs et perçants.

Monfort se tient devant cet aristocrate sec et cassant, qui fait beaucoup moins vieux que son âge. Homme d'esprit tenté par l'action, l'ambassadeur porte une longue simarre en velours rouge qui s'accorde parfaitement avec les grandes fenêtres. Son bureau est jonché d'amulettes égyptiennes dédiées à Hathor, la déesse de la Beauté, de l'Amour et de la Joie.

« Écoutez-moi bien, dit-il en fixant sévèrement le peintre du regard, l'entreprise a peu de chances d'aboutir. Ne venez pas me dire ensuite que je ne vous ai pas prévenu. Il y a tout juste un mois, le vérolé et les hommes de main du doge ont poignardé nos deux agents maltais. Du travail d'orfèvre, si je puis dire. »

Un serviteur rouquin, moine « nestorien » d'une soixantaine d'années et originaire de Chypre, leur apporte des liqueurs sur un plateau d'argent. Les deux hommes prennent un verre miniature et en sirotent une gorgée. Monfort, qui s'est bien gardé de relever l'ironie de Pierre de Bonzi, profite de cet interlude pour insister.

« Que Votre Excellence veuille bien croire que je n'ai pas l'âme d'un espion. Cette mission est pour moi une question de vie ou de mort pour me racheter aux yeux de Sa Majesté. »

L'ambassadeur saisit une clochette qu'il agite comme un encensoir.

« Alors, que le ciel vous protège. »

À la grande surprise de Monfort, une porte secrète s'ouvre soudain dans la pièce. Comme s'il entrait en scène, un petit homme aux yeux verts et aux cheveux bruns coupés en brosse, avec un visage chafouin de furet, se courbe devant les deux hommes. Monfort reconnaît celui qui l'a suivi au marché. Il a du mal à lui donner un âge, entre quarante et cinquante ans. Le drôle est vêtu très modestement ; il porte un anneau doré à l'oreille gauche.

« *Il signor ambasciatore* m'a appelé. Je suis à votre service. »

L'ambassadeur adresse un signe fugitif au nouveau venu et, tout en désignant son compatriote d'un grand geste :

« Rizzi, voici M. de Monfort, dont je vous ai parlé. »

Ils se saluent d'un hochement de tête.

« Montrez à monsieur le peintre notre chambre secrète, cela va l'intéresser », poursuit l'ambassadeur.

Rizzi entraîne le jeune homme au premier étage. Il déverrouille la porte d'une chambre sombre. L'air qui s'en dégage est d'une puanteur extrême. Décontenancé, Monfort découvre une présence inattendue : des momies égyptiennes. L'une d'elles a été démembrée à l'aide de pinces coupantes, de hachoirs et de ciseaux. Les morceaux de chair ont été réduits en poudre par le fameux broyeur *microscopio* de Galilée.

« D'après les recherches de Monseigneur, confie Rizzi à Monfort, le secret alchimique des miroirs cristallins proviendrait de la poudre de momie. Bonzi expédie cette précieuse poudre en bateau à Paris via Marseille. »

De retour dans le salon de l'évêque de Béziers, Monfort retient toujours son souffle après la visite. Il s'évente d'un mouchoir en dentelle.

« Intéressant, n'est-ce pas? lâche négligemment Bonzi. Ces momies m'ont coûté une fortune. Je les ai achetées à des pilleurs de tombes. »

Au bout d'un moment, l'ambassadeur poursuit son propos à l'intention du jeune peintre :

« Votre entreprise est risquée, Monfort. Elle a peu de chances d'aboutir. De crainte de représailles de la part des Inquisiteurs d'État, la société vénitienne évite tout contact avec les étrangers.

Venise est obsédée par la peur de la trahison. Depuis que la Sérénissime a perdu sa puissance maritime, elle veille encore plus jalousement sur le secret de fabrication des miroirs au mercure qui assurent sa survie, n'hésitant pas à faire assassiner secrètement ceux qui tentent de s'en emparer. Rizzi sera notre unique intermédiaire. Soyez très prudent dans vos déplacements : les Inquisiteurs, à commencer par celui que le peuple de Venise appelle "le Rouge", le plus terrible, ont des oreilles et des yeux partout. À Venise, Monfort, il vous faudra apprendre à vous comporter comme Arlequin, l'ami de tout le monde et de n'importe qui, sans n'avoir jamais la faiblesse de vous attacher à quiconque. »

Le diplomate retourne à son bureau. Il ouvre un tiroir d'où il sort une bourse remplie de sequins. Et la tend à Monfort.

« Voilà, cet or devrait couvrir vos frais pendant un certain temps. Le seul endroit où les étrangers sont les bienvenus, c'est le Ridotto, un casino où patriciens et gens du peuple se mêlent sous le couvert du masque. Vous pourrez y entrer aisément en relation avec des miroitiers et gagner leur confiance. Ils sont quasiment inaccessibles sur leur île de Murano. Quantité d'espions de la Sérénissime les surveillent. Au Ridotto, en revanche, on croise Priamo Morelli, un de ces fameux verriers, et même le jeune Jacopo Sagredo, qui dépense la fortune de sa famille au jeu du pharaon sans que son père et son frère le sachent. Morelli est un crâneur au goût plus que douteux ; c'est aussi un libertin obnubilé par le jeu. Il a un sale caractère, mais il a assez de dettes pour que nous puissions le convaincre de trahir les siens et de venir à Paris. *Il nostro signor* Rizzi vous en dira davantage. Expliquez à monsieur, s'il vous plaît, notre nouveau plan. »

***

Dans la gondole que conduit Rizzi, Monfort écoute les conseils avisés de l'homme de main de l'ambassadeur. Les techniques de filature, les rapts et les tentatives d'assassinat des agents vénitiens passent pour les plus sophistiqués d'Europe. Quand on est suivi dans les méandres de la cité labyrinthique, la moindre faute d'inattention peut être fatidique. Le lacet de cuir d'un assassin peut surgir de nulle part. L'homme vous étouffe et vous perdez la vie sans avoir eu le temps de pousser un cri. Au croisement d'une rue, une dague de verre cachée dans la manche d'un passant peut vous transpercer le foie.

Rizzi sait tout sur Venise. Il est le dernier-né d'une famille de pêcheurs qui exploitent les salines, ceux que l'on appelle les *incolea lacunae*, parce qu'ils vivent dans les hameaux les plus boueux de Venise.

L'homme de main de Son Excellence Pierre de Bonzi dépose Monfort sur un quai peu fréquenté. À la proue de sa gondole, Rizzi disparaît dans la brume, au bout du canal.

Le peintre français se dirige à présent vers San Giovanni Crisostomo, une église enchâssée parmi les maisons qui l'entourent, sans parvis. De là, il rejoint le campo Santa Maria Formosa, et le voici à présent dans la calle Rimpeto la Sacrestia. Il s'engage sur un pont qui enjambe le canal de San Zanirovo, mais, croyant avoir entendu un bruit de fer frottant la pierre derrière lui, il se glisse dans une des multiples et étroites calli Drio la Chiesa de la Cité-île. L'église en question, c'est celle de San Giovanni Nuovo, trapue et massive, quoique en partie encastrée dans des édifices qui en dissimulent l'abside.

Monfort profite du moment où les cloches se mettent à carillonner. Il regarde autour de lui, contourne la nef sans quitter l'accès des yeux, et sort furtivement par une autre porte. Il n'est alors qu'à quelques mètres de la fondamenta della Canonica, d'où une rue plus large le conduira à la place Saint-Marc.

***

Certain de n'être plus suivi par les agents de la Sérénissime, Monfort poursuit son chemin, incognito, jusqu'au fameux « salon privé » de San Moisè.

Le Ridotto est une ruche garnie d'alvéoles. Dans une de ses nombreuses salles de jeu, éclairée par la lumière vacillante d'une constellation de chandeliers, le banquier s'enrichit, comme toujours, à la table du pharaon. Il rafle la mise des joueurs si leur carte est perdante, et s'arrange pour qu'ils la retirent avant le tirage si, d'aventure, ils l'ont jetée sur un emplacement gagnant. Enfin, chaque fois que la carte du joueur sort deux fois, le banquier prélève la moitié de la mise. Aucune martingale n'est assez habile contre cet expert.

À l'écart, Monfort et l'homme de main de l'ambassadeur observent la scène. Du menton, Rizzi montre un joueur au peintre français et chuchote :

« Ce jeune homme-là, c'est Jacopo Sagredo. Et celui-là, aux cheveux gris, aux larges épaules et aux yeux bleus, lui souffle-t-il, c'est Priamo Morelli, le verrier dont je vous ai parlé. Il a l'air pataud, mais il est beaucoup plus habile qu'il n'y paraît. En face de lui, c'est Andrea Candiani, le fils d'un procurateur de Saint-Marc. Faites très attention à lui, c'est un beau parleur : il ne tient pas sa langue en bride. »

Priamo Morelli est à côté d'une femme élégante, bien mise, masquée et à la robe rouge. Le fils du procurateur se tient à ses côtés. Un troisième personnage, le seul à ne pas porter de masque, fait office de banquier.

Monfort va s'asseoir discrètement à la table du pharaon.

Rizzi s'éclipse.

Le Français commence à jouer quelques pièces d'or, perd puis remporte sa mise.

Priamo Morelli bougonne tandis que la femme élégante à la robe rouge ne cesse de perdre avec flegme, sans manifester son dépit.

« Vous perdez autant que moi, *signora*, observe Priamo Morelli. Comment faites-vous pour rester aussi impassible ?

— C'est que les femmes ont un grand avantage sur les hommes, affirme le fils du procurateur de Saint-Marc, avec un sourire en coin. En habit d'Ève, elles ne tardent pas à regagner ce qu'elles ont perdu. »

Priamo Morelli et Andrea Candiani s'esclaffent. La femme élégante à la robe rouge, elle, reste de marbre. Monfort sourit.

« Leur jupon est un coffre qui dissimule leur fortune », précise Priamo Morelli avec un regard malicieux.

Sans lever les yeux, la femme en rouge s'adresse à tous les hommes qui l'entourent.

« Ne soyez pas si grossiers. Vous ne savez sans doute pas à qui vous avez affaire.

— C'est l'avantage du masque, *signora*, remarque Monfort. On peut être moqué sans paraître s'en offusquer.

— Bel esprit, intervient le fils du procurateur de Saint-Marc, souriant avec un mélange de politesse et d'irrévérence. Mais, dites-moi, j'ai cru percevoir un léger accent dans vos propos ?

— J'ai une mère italienne et un père français, déclare Monfort. »

La femme vêtue de rouge gagne enfin.

« Les Français savent admirer les femmes, observe la femme masquée. Voilà pourquoi nous les aimons tant à Venise, si impertinents soient-ils.

— Si vous saviez tout de nous, le Ridotto ne perdrait-il pas son charme ? » reprend malicieusement la femme en rouge en inclinant la tête du côté du Français qui semble beaucoup lui plaire.

Monfort voit passer le blondinet aux traits efféminés qu'il avait vu en haut du Campanile en compagnie de l'ambassadeur d'Espagne. Quand il croise le regard du jeune homme, ce dernier détourne aussitôt les yeux et disparaît.

***

Dans un des nombreux petits salons du Ridotto aux murs décorés de miroirs et de stucs, Andrea Candiani, le fils du procurateur de Saint-Marc, et le verrier Priamo Morelli négocie le prix de l'amour avec deux prostituées. Au plafond, une fresque représente un satyre et une nymphe dénudée. De lourds brocarts aux motifs bleus et verts pendent aux murs et, sur un guéridon, des coupes en verre de Murano finement ciselé se remplissent d'un vin pétillant. Les deux hommes, qui n'ont pas ôté leur masque malgré les assiduités expertes des deux filles, s'affalent sur des divans, le dos calé contre des coussins de velours pourpre à glands brodés de fils d'or.

Dans la pièce qui jouxte leur salon, deux violonistes jouent un air d'Alessandro Stradella avec désinvolture, improvisant les passages qu'ils ont oubliés, faute d'avoir une partition sous les yeux. Toujours masqués, comme le veut le cérémonial du lieu, la femme à la robe rouge et Monfort entrent dans le salon où les comparses vénitiens, ivres, se pâment grâce aux talents des deux professionnelles du sexe.

Une des prostituées lève ses jupes et s'installe sans vergogne sur Priamo Morelli pour le chevaucher. La seconde a plongé sur l'entrejambe d'Andrea Candiani tandis qu'il embrasse voluptueusement la prostituée à califourchon sur le verrier.

« Malheureux au jeu, heureux en amour », souffle Monfort.

Le fils du procurateur de Saint-Marc ouvre des yeux tout embrumés par le plaisir, ce qui ne l'empêche pas de reconnaître la voix qui vient de proférer cette raillerie.

« Ce proverbe n'a de sens que si l'on est français, mon vieux », réplique-t-il.

La femme masquée se tourne vers Monfort qui remplit deux coupes de vin moussant :

« Vous avez beaucoup perdu ce soir, monsieur le Français. Seriez-vous amoureux ?

— J'ai autant gagné que perdu, madame », dit Monfort en tendant un verre à son interlocutrice.

Ils lèvent leurs verres et trinquent.

« À notre santé, *signora mia* ! déclare Monfort.

— À l'amour ! » lui répond la femme en rouge.

À côté d'eux, Priamo Morelli essaie, en vain, de modérer les ardeurs de la fille qui le chevauche. Elle repart de plus belle, au grand galop, et semble faire le bonheur du verrier, à en juger par ses gémissements de plaisir.

« *Così, puttana, mi fai impazzire, ma non ti fermare, dit-il. Che il mio cazzo si raddrizzi cosí per sempre !*

— Si tu m'épouses, ton désir sera exaucé », dit la fille en faisant basculer ses reins d'avant en arrière avec la souplesse d'une danseuse du ventre égyptienne.

Elle éclate de rire.

« *Dimmi quanti uomini hanno visitato il tuo culo e ti risponderò* », dit Priamo Morelli en riant à son tour.

Un sourire en coin, la femme masquée à la robe rouge suggère à Monfort d'abandonner là ce trop-plein de débauche et de se retirer sur le balcon du Ridotto.

Accoudés à la balustrade, ils contemplent le canal qu'ils surplombent, coulée noire et paisible où de faibles lueurs chatoient comme pour répondre au ciel constellé. C'est ce langage éternellement fugace que Monfort voudrait déchiffrer et reproduire dans son art.

« Vous restez longtemps à Venise ?

— Le temps qu'il faudra pour découvrir votre cité, *cara signora*. Je suis peintre, voyez-vous. »

Un sourire diffus parcourt le visage de la femme masquée. Elle semble hésiter avant de poursuivre.

« À votre place, j'aurais choisi Rome. Michelangelo n'est-il pas le plus grand génie italien ?

— Les frères Bellini, Giorgione, Titien, le Tintoret, Véronèse et Pietro della Vecchia sont, à mes yeux, des maîtres incontestables. Les artistes vénitiens ont une lumière et des couleurs particulières dans leur palette. Il y a là beaucoup à apprendre pour un artiste français. »

Le visage de la femme masquée se fend d'un grand sourire.

« Alors, nous allons souvent nous voir au Ridotto. C'est le seul endroit de Venise où les étrangers peuvent s'amuser et parler en toute impunité. »

Elle lève sa coupe, invitant Monfort à faire de même, comme s'ils concluaient un marché.

***

Aux abords du ghetto de Venise dont il longe l'enceinte, Monfort hâte le pas. Encore un quart d'heure de marche. À mesure qu'il s'enfonce dans la brume nocturne, de *calle* en *calle*, il a la sensation d'être aussi vaporeux et léger qu'une ombre.

Une fois devant la maison à trois étages où il loge, au nord de la ville, il se retourne et vérifie que personne ne l'a suivi.

Rassuré, il glisse soigneusement la clef dans la serrure, la fait tourner, pousse la porte d'un coup d'épaule et disparaît dans le vestibule.

Après s'être débarrassé de son chapeau et de son manteau, Monfort songe à Charles Le Brun, grâce auquel il a eu la vie sauve. Monfort s'installe à son bureau et prend une plume d'oie.

Cher Maître,

Me voilà depuis quelques semaines dans cette mystérieuse ville de Venise, courant de basilique en église, pour en admirer toutes les beautés artistiques. Encore faut-il que je ne sois pas distrait par les marchandises inouïes qui affluent dans la Cité-île comme dans un caravansérail. J'ai souvent l'impression d'être à Alexandrie, d'où viennent d'ailleurs les reliques de saint Marc. Combien de Vénitiens se déguisent en mamelouks, arborant turbans et costumes syriens (jusqu'au cimeterre !), quand ils ne demandent pas carrément à leurs architectes d'affubler leur palais de façades à la mode du Caire ou de Constantinople. Les nobles adorent les tapis, les soieries, les accessoires en métal incrusté, niellé, damasquiné, les objets de luxe islamiques, qu'ils échangent contre leurs précieuses œuvres en verre. Pour un peu, en plissant les yeux, on croirait voir la ville hérissée de minarets plutôt que de clochers. Bref, il n'y manque qu'une mosquée, un muezzin et un hammam. Les Vénitiens se sentent en sécurité parmi les étroits canaux qu'ils peuvent facilement défendre contre la mer et leurs ennemis.

Dans ce contexte, ma quête esthétique pourrait paraître difficile, sinon impossible, n'est-ce pas ? Mais il s'y trouve un si grand nombre de beaux tableaux, le moindre édifice en recèle. Vous savez sûrement qu'on appelle une guilde scuola *à Venise. Mais connaissez-vous les toiles que Vittore Carpaccio a peintes dans celle de San Giorgio degli Schiavoni ? J'ai passé trois heures à admirer les détails de* Saint Georges terrassant le dragon. *Au centre, un homme nu, auquel il manque un bras et une jambe, est assoupi comme si son rêve s'était changé en cauchemar. À cheval, en armure, le saint pourfend le monstre à travers la gorge avec sa lance. On peut reconstituer le menu de la bête immonde en observant les restes de cadavres qui jonchent le sol. Il y a là des hommes et des femmes déchiquetés dont le corps a été tranché au niveau de l'abdomen. Des crânes, des mains et des pieds épars parmi des scarabées, des scorpions et des lézards. On dirait un charnier à la suite de l'explosion d'une poudrière. C'est épouvantable.*

Versailles

Au début de 1667, les jardins du palais ont déjà subi des aménagements considérables, mais ceux qui s'annoncent sont plus impressionnants encore. Le maître d'œuvre de ces travaux, c'est André Le Nôtre, le paysagiste qui a conçu les jardins du château de Vaux-le-Vicomte pour le surintendant des finances Nicolas Fouquet depuis lors tombé en disgrâce. Accompagné de deux assistants, le génial jardinier effectue des relevés géométriques qu'il consigne sur des plans. Pour ce faire, il recourt à ce qu'il nomme « l'observateur », un instrument de bois appelé « graphomètre » avec lequel il vise les endroits qu'il souhaite mesurer. Il reporte ensuite ses mesures à l'aide d'un « rapporteur », lui aussi de bois, avant de se déplacer à un nouvel endroit pour y placer son instrument de mesure. Des milliers d'arbrisseaux ont été déplantés de Vaux-le-Vicomte et replantés à Versailles. On y a aussi apporté des orangers en caisse.

Flanqué de Colbert, qui peine à accorder son pas avec celui du souverain, Louis XIV s'approche du jardinier royal. Les deux hommes se saluent. À grand renfort de gestes panoramiques et grandiloquents, Le Nôtre expose au roi ses grands projets. Des arbres, on en fera venir beaucoup d'autres encore, lui assure-t-il, et d'immenses, de toutes les forêts des environs, et même de pays lointains. Le paysagiste sait que le roi est pressé. Qu'il veut des jardins somptueux dans les plus brefs délais. Mme de Sévigné rapportera qu'en passant sur la route de Versailles, elle vit un si grand nombre d'arbres transportés qu'on aurait dit la forêt elle-même en mouvement.

Le Nôtre est intarissable. Alors qu'il embrasse le paysage comme pour le circonscrire et l'offrir au souverain sur un plateau, le roi l'interrompt.

« Mais dites-moi, monsieur, comment se porte madame votre épouse ?

— Sire, dit Le Nôtre en inclinant spontanément le buste, non seulement votre médecin l'a guérie, mais il lui a rendu une partie de sa jeunesse. C'est un thaumaturge. »

Le jardinier du roi marque une pause. Avant que le moment ne devienne trop solennel, il ajoute, avec une dévotion non feinte :

« Comment vous en rendre grâce, Sire ?

— En Nous donnant avec vos jardins un avant-goût du paradis, répond le roi avec un sourire.

— Sire, je consacrerai ma vie entière à ce paradis. »

Le Nôtre présente à Louis XIV et Colbert les plans du futur Grand Canal et des fontaines qui lui seront adjointes (il ne s'agit pour l'instant que du seul bras principal du canal).

« Par le jeu de la perspective, Sire, dit le grand paysagiste, nous ferons paraître le canal encore plus long en l'élargissant par un bassin plus large à son extrémité. »

Perplexe, quoique fort intéressé par les plans, Louis XIV se tourne vers son ministre.

« Dites-nous ce que vous avez sur le cœur, Colbert. Quand vous affichez une mine si déconfite, c'est que vous avez de grands soucis.

— Sire… »

Le ministre semble avoir du mal à énoncer une phrase qui est peut-être restée coincée dans sa gorge, à mi-parcours. Le roi s'attend à une plainte.

« Enfin parlez, Colbert, n'ayez crainte. Épanchez votre âme.

— C'est que, Sire, tous ces travaux à Versailles coûtent une fortune ! Beaucoup d'impôts ont été levés et déjà les caisses sont vides. Sire, vos sujets sont dans l'espérance d'une nouvelle prospérité, il ne faut pas les décevoir. Il importe à la gloire de Votre Majesté de ne pas ruiner les caisses du Trésor pour une bagatelle.

— Une bagatelle, voyez-vous cela ! Mais Nous vous entendons, Colbert. Vos conseils sont toujours sages et bienvenus. »

Louis XIV semble réfléchir. Au bout d'un moment, il se tourne cette fois vers Le Nôtre :

« Où pourrions-nous faire des économies, monsieur le paysagiste ? »

Plus prompt que le jardinier royal, Colbert s'empresse de répondre à sa place :

« Dans la main-d'œuvre, Majesté. Il faudrait en réduire le nombre.

— Je ne dispose que de mille ouvriers, dit Le Nôtre, alors qu'il m'en faudrait dix mille. »

Louis XIV sourit.

« Dites-moi, monsieur le ministre, combien de soldats dans les casernes s'ennuient de ne pas servir leur roi ? Combien ? »

Vaincu, Colbert n'a pas le temps d'échafauder une parade.

« Le juste nombre qu'il faut pour mener à bien les travaux des jardins, Majesté.

— Bien, Nous voilà rassuré ! Continuons, monsieur Le Nôtre. »

Des assistants déroulent les plans du paysagiste. Le roi et Le Nôtre se penchent pour examiner les esquisses du Grand Canal, des fontaines et des bosquets de plus près.

Il faut certes aménager le château pour loger la Cour si celle-ci doit séjourner à Versailles, mais l'architecture n'est pas la véritable passion de Louis XIV. Il en va différemment des jardins dont il se pique d'être le premier ordonnancier, bien qu'il en ait confié la conception à Le Nôtre. Le roi discute, emprunte le crayon du paysagiste et trace, çà et là, quelques traits hâtifs sur les plans. Et Le Nôtre acquiesce, donnant ainsi à Sa Majesté le dernier mot quant aux aménagements du jardin. Le roi veut que les jardins de Versailles soient les plus beaux jardins d'Europe. Un palais de plein air sera créé à côté d'un château de pierre. Le second ne peut se comprendre sans le premier.

Relevant la tête des plans, Louis XIV paraît saisi d'une sorte d'anticipation de ce que sera un jour son parc royal. Le roi évoque avec passion sa grande galerie des Glaces qui reflétera avec ses nombreux miroirs cristallins les jardins de Versailles à l'infini. Blême, Colbert acquiesce au rêve du souverain.

Venise

C'est le cinquième miroitier de Venise devant lequel Jacopo Sagredo se présente en faisant valoir ses compétences. La discrétion qu'il demande à ces employeurs potentiels les rend circonspects, et le jeune souffleur de verre à la recherche d'un gagne-pain les voit aussitôt échafauder des excuses pour ne pas l'embaucher. Il est vrai que la plupart connaissent les verriers de Murano et les liens d'exclusivité qui les obligent à faire preuve d'une grande loyauté à l'égard de la République de Venise. Leurs secrets doivent être préservés coûte que coûte. D'autres ont croisé Jacopo au Ridotto. Pour beaucoup de Vénitiens, le pharaon est un gouffre qui vous précipite en enfer.

***

Dans l'église de San Zaccaria, assis sur une des marches d'une chapelle latérale, un large carnet à dessin posé sur les genoux, Monfort copie soigneusement *La Vierge à l'Enfant* de Giovanni Bellini. La Madone présente le nourrisson debout sur sa cuisse, comme le font les jeunes mères avant de l'installer dans son bain.

Autour du Français, de vieilles femmes voilées, habillées de noir, se signent et se recueillent, puis allument un cierge qu'elles embrochent sur une pique en face de la Madone.

Monfort arrache une page de son carnet, tire son nécessaire d'écriture de sa sacoche et commence à dessiner. Il a l'impression que les crissements de la plume d'oie sur le papier résonnent d'un bout à l'autre de l'édifice. Les dévotes s'approchent et regardent par-dessus son épaule.

***

La soixantaine, svelte, le visage anguleux et osseux, Giovanni Cornaro, un des patriciens les plus riches de la ville, achève son discours solennel devant un parterre d'invités installés dans des fauteuils ou sur de longues banquettes placées contre les murs. Le salon d'apparat est presque comble. Certains sont restés debout, comme Pietro della Vecchia et Clorinda, de même que Monfort, qui les accompagne. On a préparé la grande salle du palais des Doges pour célébrer l'événement : les tables sont couvertes de vaisselle d'or. Sur le sol sont posées de grandes vasques en verre où nagent des poissons colorés, et des arbrisseaux en pot ploient sous les fruits et les fleurs accrochés à leurs branches.

Juchée sur une estrade, la belle Elena Sagredo, la fille des verriers, se tient droite, une partition ouverte dans les mains, prête à chanter. Elle est vêtue d'une longue robe couleur ambre. Un filet aux fils d'or et d'argent, garni de perles, entoure sa chevelure relevée en chignon. Quatre musiciens assis sur des chaises accordent leurs instruments. À la viole de gambe, la compositrice et cantatrice Barbara Strozzi va diriger cet air de musique sacrée, *L'Amante segreto*, qu'elle a elle-même composé.

« Mes amis, déclare Giovanni Cornaro d'une voix rauque, Caterina, mon unique fille, vient d'obtenir un doctorat de philosophie à l'université de Padoue. Elle est la première femme au monde à accéder à cette dignité. Caterina, je suis fier de toi, et le plus heureux des pères. Je regrette que ta mère ne soit pas à nos côtés, mais je suis sûr que, du paradis, elle nous regarde tous et qu'elle est en admiration devant toi. »

L'assemblée se tourne vers une jeune fille frêle et timorée de vingt-cinq ans, vêtue d'une robe discrète, en velours pistache, ornée d'une passementerie aux arabesques noires. Elle porte une paire de lunettes en vermeil sur le nez.

« Félicitons-la », s'exclame Clorinda avec enthousiasme.

Tout le monde applaudit la *dottoressa*. Elle rougit et se crispe, manifestement embarrassée par l'hommage de son père.

« Merci, papa, mais il est temps de faire place à la musique à présent. »

La musique qui plane dans la salle devient de plus en plus poignante. À des harmonies répétées et accélérées succèdent des notes aiguës et soutenues, et l'on a l'impression que la mélodie frémit dans l'air, avant de descendre d'une octave pour reprendre les rondes basses et continues du début.

Monfort est saisi par la beauté déconcertante et mystérieuse de la jeune cantatrice. Elena entonne d'abord des notes prolongées et graves, ponctuées de silences, avant que sa voix, au timbre profond et velouté, ne s'élève en décrivant des motifs d'une grande complexité.

Ému et fasciné par l'admirable voix de soprano colorature de la jeune femme, Monfort l'observe intensément. Comme si elle sentait les yeux du Français la transpercer, Elena détourne son regard. Il demande à Pietro della Vecchia de lui souffler le nom de la cantatrice à l'oreille.

Des notes d'une clarté divine alternent avec des motifs d'une âpreté émouvante, plus sourde et parfois presque discordante. Après une longue inspiration, la jeune soprano module des airs pénétrants et limpides d'une grande douceur ; on ne pouvait concevoir musique plus éthérée.

Quand Elena relève la tête, c'est pour regarder son fiancé, Marco Gritti, affublé d'un jabot blanc, se dresser fièrement à côté de son père, Orso Gritti, un bellâtre quinquagénaire, armateur, que le déclin du commerce maritime vénitien menace de ruiner. Le père chuchote quelques mots à l'oreille de son fils qui font sourire celui-ci.

À la fin du concert, Barbara Strozzi se lève et s'incline devant le doge et sa fille.

« Cette Elena Sagredo m'a donné des frissons de bonheur », leur souffle Clorinda.

La jeune cantatrice et les musiciens saluent les nombreux invités qui les applaudissent avec enthousiasme en criant « *Bravi ! Bravissimi !* » Elle paraît surprise d'un tel engouement pourtant justifié. Si la bienséance ne l'en dissuadait pas, l'auditoire la porterait en triomphe à travers la salle.

« Ah ! venez, Monfort, dit della Vecchia, je vais vous présenter notre amie Barbara Strozzi. »

Ils s'approchent de la compositrice et de la jeune soprano, tandis que des admirateurs et des admiratrices interpellent encore cette dernière.

« Mesdames, voici Gabriel de Monfort. Il nous arrive tout droit de Versailles. »

Le Français se courbe respectueusement et sourit aux deux femmes.

« Madame, votre musique nous arrive droit au cœur sans le moindre artifice.

— Eh bien ! voilà un beau compliment, dit Barbara Strozzi. Merci, *monsieur de Versailles*. Nous autres musiciens appelons la qualité de la voix dont vous parlez *agilità*. Elena possède la tessiture la plus aiguë que je connaisse.

— Je ne sais si cela tient à cette *agilità*, mais le visage de votre jeune interprète est d'une rare beauté. En vérité, *signora*, vous êtes tout simplement divine. Vos aigus ne semblent pas avoir de limite. Quelle puissance et quelle délicatesse ! »

L'exaltation de Monfort fait sourire Elena.

« Mais je vois que vous êtes un esthète, cher monsieur, dit Barbara Strozzi.

— *Signora*, vous nous avez tous ravis ce soir avec votre musique », dit Monfort.

Les deux femmes inclinent la tête et font une révérence au jeune homme pour le remercier de ses compliments.

« Ce jeune monsieur me plaît beaucoup, dit Barbara Strozzi. Il sait entendre la musique. »

La compositrice sourit à Monfort, qui regarde Elena. La jeune femme capte le regard du Français. Elle se détourne, gênée ; une rougeur afflue sur la peau de son décolleté.

Marco Gritti rejoint le groupe et prend Pietro della Vecchia en aparté.

« *Mi permetta di insistere, maestro*, dit-il. J'ai promis à Elena que son portrait serait exposé dans notre palais le jour de notre mariage.

— Mon cher Marco, répond le maître, je ne pourrai peindre ce portrait en temps voulu. Il y a d'autres peintres que moi à Venise. »

Monfort et Marco se dévisagent.

« Maître, ce sera vous ou personne », proclame sentencieusement Gritti.

***

Devant la Scuola Grande di San Marco, sur le campo des Santi Giovanni e Paolo, Monfort passe à côté de la statue équestre de Bartolomeo Colleoni, hardiment dressé sur son destrier. Le Français s'arrête, fasciné par la sculpture, une œuvre d'Andrea del Verrocchio, le maître florentin de Léonard de Vinci. Le condottière affiche l'expression même du défi, le regard perçant, la bouche méprisante, avec toute la morgue que lui confère son métier de mercenaire. Cette position à cheval, debout sur les étriers, au petit trot, paraît néanmoins impossible. Monfort perçoit un élément de dérision dans la posture, que le sculpteur toscan s'était sans doute amusé à insinuer au profit de la République de Venise.

L'histoire du testament du condottière est si révélatrice du tempérament vénitien. D'origine lombarde, le *capitano generale* s'était non seulement battu pour la Sérénissime au XVe siècle, mais il lui avait légué une bonne partie de sa fortune, à condition que l'on érigeât sur la place Saint-Marc une statue le représentant sur un cheval de bronze, dans le genre de celle que Donatello avait dédiée, trente ans plus tôt, au condottière Gattamelata, à Padoue. À la mort de Colleoni en 1475, le Sénat vénitien empocha son legs, mais, redoutant que la statue équestre d'un condottière, au cœur même de la cité, ne fît de l'ombre à la gloire de la Sérénissime, il interpréta le testament de telle sorte que le monument fût édifié non pas à proximité de la basilique San Marco, mais devant la Scuola Grande di San Marco.

Monfort a pris son carnet et commencé à esquisser la statue. De très jeunes Vénitiennes qui jouent à la marelle attirent soudain son attention. Les petites filles rient en sautillant dans les cases tracées à la craie sur les pavés de la place. Leur joie est si communicative et leurs mouvements si gracieux que Monfort met le condottière de côté et les dessine à sa place, une à une. Le plaisir qu'il éprouve à reproduire, pour chacune, un geste qui la caractérise le fait sourire. Il se demande si l'exaltation se lit sur son visage et lève la tête. C'est alors qu'il s'aperçoit, une fois encore, qu'un jeune homme blond aux traits efféminés l'observe. Il reconnaît l'éphèbe entrevu au sommet du Campanile et au Ridotto. Ayant manifestement saisi qu'il a été repéré, le garçon détourne son regard et s'en va.

Inquiet, Monfort range son carnet et quitte à son tour la place.

***

Le lendemain, de retour dans l'atelier de Pietro della Vecchia, Monfort s'attelle à la toile du *Martyre de saint Étienne*. Muni de trois pinceaux qu'il tient dans la main, il peaufine les visages des compagnons du saint.

Le maître s'approche du tableau et examine les figures avec un vif intérêt.

« Ce premier martyr chrétien n'a pas hésité à donner sa vie par amour du Seigneur. Donnez une plus grande véracité à ces visages.

— Je m'applique à insuffler de la passion à l'action, dit Monfort.

— Ne théorisez pas trop la peinture. Recommencez jusqu'à ce que vos personnages aient l'air de vivre indépendamment de la toile. »

Monfort recule d'un pas et prend son plus gros pinceau pour effacer les traits du martyr qu'il vient de retoucher.

En face de lui, dans leur cage, les deux perruches des Amériques se balancent côte à côte, joyeuses, sur leur perchoir. Le Français a parfois l'impression que les oiseaux l'observent en murmurant.

***

Bien que Priamo Morelli déteste les masques, il est, comme tous les joueurs, obligé d'en porter un pour accéder au Ridotto. Les cloches du Campanile sonnent minuit. Il semble chercher quelqu'un parmi les silhouettes aux somptueux habits de satin et de soie qui se frôlent et chuchotent autour des tables de jeu. Ce soir, un orchestre d'instruments à cordes les enivre d'une musique lancinante, aussi capiteuse que les vins de Malvoisie et les parfums des courtisanes. Sous le triste masque blanc que Morelli arbore, Monfort devine la mauvaise humeur de son compagnon de jeu. Masqué lui aussi, le peintre français se présente derrière le verrier pour le surprendre. Morelli se retourne aussitôt pour vérifier si personne ne les observe.

« Je veux une pièce d'or pour chaque miroir fabriqué, chuchote-t-il. Et aussi un titre de gentilhomme, un logement, une blanchisseuse pour le linge, ainsi que de la nourriture pour moi et mon cheval, car je tiens à en avoir un. Sinon, allez vous faire foutre ! »

Inquiet, le verrier regarde encore autour de lui.

« Et puis vous savez combien c'est dangereux pour moi…, poursuit-il à voix basse. Et pour vous aussi, l'ami ! Vous risquez d'être torturé comme un damné. On va vous écarteler, vous démembrer, les parties de votre corps seront exposées aux quatre coins de la ville. » Et, après une pause : « À Paris, je pourrai porter l'épée comme un noble ?

— Parfaitement. Tu auras tout ce que tu exiges », dit Monfort, impassible, pour le rassurer.

Soudain, la femme au masque rouge apparaît sur la terrasse du Ridotto comme si elle avait surgi de derrière un mur. Morelli change aussitôt de conversation et dit d'une voix enjouée :

« Monsieur devrait goûter notre recette de pâtes aux palourdes. C'est une spécialité vénitienne. On les appelle *vongole* ici. »

Priamo Morelli plante Monfort sur la terrasse.

L'élégante femme en rouge s'approche à pas feutrés du Français.

« Vous devriez plutôt essayer les pâtes à l'encre de seiche, suggère-t-elle avec un sourire enfantin en se caressant la lèvre supérieure du bout de la langue. Les étrangers se délectent de la noirceur de ces pâtes. »

La femme masquée appuie légèrement sa cuisse contre la sienne et lui effleure la joue du bout des doigts.

« Accepteriez-vous enfin de faire mon portrait ? Et peu m'importe le prix !

— Si c'est un portrait masqué, adressez-vous à un peintre vénitien. Ils ont leur savoir-faire. »

Sous leur masque, la courtisane et Monfort se scrutent mutuellement du regard. Elle éclate d'un rire nerveux et cristallin.

« Vous semblez très peu curieux de voir mon visage », dit-elle avant de retourner à l'intérieur du Ridotto.

***

Seuls quelques feux de lanterne éclairent les *calli* étroites du quartier des Carampane. En sortant du Ridotto, Priamo Morelli, un peu ivre, a emmené Monfort dans cette enclave de débauche, au cœur même de la cité lagunaire, où se trouvent, selon lui, les meilleurs *casini*, ces pavillons de tolérance où l'on se retirait pour souper, entretenir son réseau de relations sociales et politiques, et surtout jouer à des jeux de hasard. Le Français se fait désormais si bien passer pour un Vénitien qu'il se mêle au commun des mortels ; pour peu qu'il ne dise rien, il fait parfaitement illusion.

Dans l'obscurité, au balcon du bordel qu'ils viennent de quitter, Monfort aperçoit les deux belles de nuit qu'il vient d'offrir à Morelli. Leur corsage largement ouvert jusqu'au nombril, elles lancent des baisers gourmands aux deux hommes, les invitant, avec force clins d'œil, à revenir. Les fils dorés des manches bouffantes de leurs robes scintillent dans la nuit.

« *Guardate che c'è una sorpresa per voi*, roucoulent-elles d'une voix lascive. *Tornate presto. Vi aspettiamo, belli !* »

Morelli et Monfort lèvent encore la tête vers les deux femmes dénudées, éclatent de rire et se congratulent.

Soudain, perché sur sa gondole, Rizzi surgit devant eux au milieu d'un canal.

« Gondolier ? s'enquiert l'homme de main de l'ambassadeur.

— Oui, emmène-nous », s'exclame Monfort. Et, s'adressant à Morelli : « Puis-je te déposer quelque part ?

— Le marché du Rialto, *d'accordo, amico !* répond le verrier.

— *Andiamo !* »

Les deux hommes s'installent dans la gondole. Rizzi pousse la longue rame posée sur la *forcola*, le tolet qui lui sert de point d'appui, et l'embarcation file à la surface du canal comme si un courant mystérieux l'emportait.

Joyeux et toujours éméché, Morelli se met à chanter une chanson grivoise. Des volets s'ouvrent et une pluie d'insultes se déverse sur lui de plusieurs fenêtres sans que les deux hommes parviennent à distinguer qui les profère dans l'obscurité. D'un geste cassant, Monfort exhorte son compagnon de débauche à baisser la voix d'un ton.

***

« La voici, la fameuse *Jeune Femme à sa toilette*, dit Clorinda en dévoilant le tableau derrière un rideau, dans un recoin de l'atelier de Pietro della Vecchia. Cette toile plaisait tellement à mon père qu'il en a fait une copie en secret avant d'en vendre l'original au doge. Vous êtes un des rares privilégiés à connaître l'existence de cette réplique. L'original a suscité un tel scandale que je trouverais preneur à très bon prix si d'aventure mon père me permettait de le vendre. Mais le doge m'en voudrait sûrement de ranimer la polémique, ce qui pourrait nous valoir la relégation. »

Monfort s'approche de la toile.

« Cette composition est admirable, dit-il à voix basse. Votre père en a remarquablement bien distribué les couleurs. L'arc de cercle que forme l'écharpe blanche, au milieu de la scène, est parfaitement contrebalancé par le bleu de la robe et le rouge de la table et de la tenture. Et cette manche dorée, pour faire rayonner le tout, quelle trouvaille ! Mais, dites-moi, ce sont les couleurs des Flandres, n'est-ce pas ? Telle est peut-être la véritable raison du scandale. Les Vénitiens se moquent bien des drapeaux et des blasons en peinture. Ils n'y ont vu qu'une apologie de la vénalité féminine. À cause de ce tableau, les vieux notables vénitiens, toujours près de leurs sous, se sont insurgés contre les dépenses somptuaires des Vénitiennes. Quelle hypocrisie ! L'oisiveté et l'opulence sont aussi abjectes que la luxure aux yeux de la Sérénissime, alors que ce sont les maîtres-mots de tous les habitants, du patricien le plus noble à l'artisan le plus modeste. »

Versailles

En présence de Louis XIV, qui les observe attentivement, les tailleurs de la Maison du roi œuvrent à la création d'un costume richement orné de broderies d'or et de pierres précieuses.

Colbert, la reine Marie-Thérèse, Monsieur, Mme de Montespan, la marquise de Saumeray en grand deuil, quatre dames de compagnie, Lully et son quatuor, ainsi qu'un groupe de courtisans sont réunis dans l'Antichambre du Roi.

Françoise de Rochechouart de Mortemart, marquise de Montespan, se tient en retrait, derrière la reine, osant à peine, de temps à autre, lever les yeux vers le roi. Si, à Versailles, la favorite occupe le devant de la scène, une fois au Louvre, il lui faut s'effacer devant celle dont elle n'est que la dame de compagnie.

Tout en vantant son article, mais avec déférence, le chef tailleur présente un nouvel habit au roi :

« Soie de Chine brodée d'or… C'est là, sans doute, Sire, ce que j'ai réussi de mieux. »

« Monsieur Cornillac, dit Louis XIV, la forme et le tissu Nous plaisent, mais il y manque encore un *certain* éclat. Ne serait-il pas à propos de rajouter à ce costume quelques-unes de Nos précieuses pierres des Indes ?

— Sire, je n'avais pas osé…

— Nous vous invitons à oser, monsieur. Notre Versailles ne doit être que plaisir des yeux et chatoiement de couleurs. »

Tandis que les tailleurs s'activent autour du costume du roi, M. de Longueville chuchote à l'oreille de la marquise de Saumeray :

« À monde nouveau, mode nouvelle.

— Lorsque mon or se sera transformé en broderies, dit malicieusement la marquise, je crains de me sentir bête comme la tortue qui porte sa maison sur son dos.

— Nous voilà bien partis pour de multiples dépenses, dit à mots couverts un jeune courtisan. Je crois que Sa Majesté va s'en amuser.

— Des dépenses qui, en nous ruinant, ne nous feront plus dépendre que du bon plaisir du roi, ajoute monsieur de Longueville. Plus que jamais, il va nous falloir plaire à Sa Majesté, mon jeune ami. »

Le costume du roi est terminé. Lully y apporte la touche finale en donnant à Sa Majesté une haute canne à pommeau d'or.

Avec sa perruque et son vêtement richement orné, Louis XIV est désormais conforme à l'image que l'histoire nous a laissée de lui.

« Ai-je l'air d'un maître de musique, monsieur Lully ? demande le roi.

— D'un maître de ballet, Sire. »

Le compositeur montre au roi comment marcher avec la canne.

« Sa Majesté, dit-il, est le maître du ballet qui règle nos vies. »

Louis XIV fait quelques pas et sourit d'aise. Il se tourne vers son entourage :

« Allons, il est temps maintenant que l'on prenne toutes les dispositions pour que Versailles devienne la demeure exclusive du roi de France. »

Un brouhaha envahit la pièce. On sent la désapprobation flotter dans l'air, mais qui oserait contredire ouvertement le roi ?

Venise

Pietro della Vecchia donne l'ordre de broyer des couleurs et de les mélanger à ses assistants lorsque Marco Gritti, arborant fièrement son jabot de mousseline, surgit dans son atelier. Le maître se tourne vers le jeune homme.

« *Mio padre la saluta, maestro.* »

À l'écart, Monfort travaille toujours au *Martyre de saint Étienne* que le maître doit bientôt livrer au Vatican. Marco s'approche du Français pour le regarder peindre. Le jeune noble vénitien semble apprécier le talent du peintre accaparé par la finition du visage d'un personnage.

« *Magnifico !* » s'exclame-t-il gaiment.

Pour saluer Gritti, le Français se contente de baisser légèrement la tête, sans mot dire. Avec dédain, Marco fait mine de ne pas le reconnaître.

« Connaissez-vous *La Lapidation de saint Étienne* de Paolo Uccello, qui se trouve dans la cathédrale de Prato ? Vous devriez vous en inspirer. On ne voit pas qu'Étienne était un prédicateur et qu'il faisait des prodiges. Songez-y. »

Sans laisser à Monfort le temps de se justifier, Gritti pose une bourse de pièces d'or sur une table devant della Vecchia.

« Il y a là, *maestro*, le double de ce que mon père vous a promis, annonce-t-il.

— Malgré tout le respect que je dois à votre illustre famille, je n'ai pas la liberté d'accepter votre offre, Marco. Je n'ai pas terminé les mosaïques de la basilique San Marco et notre doge est impatient.

— À moins que M. Gabriel de Monfort n'accepte de commencer le portrait de votre fiancée, suggère le maître.

— Laissez-moi y réfléchir », dit ce dernier en dévisageant le Français avant de s'en aller brusquement comme s'il se rappelait une affaire importante à traiter.

Monfort se tourne vers della Vecchia.

« Maître, je suis honoré de votre proposition.

— Ne vous laissez pas impressionner, répond le vieux peintre. S'il savait que votre père, en qualité d'officier, a participé à la bataille de Lépante dans une escadre vénitienne, il serait bien étonné et fort embarrassé. La fortune des Gritti diminue plus vite que leur influence. Ce n'est plus le commerce maritime qui enrichit la Sérénissime. Ce sont des miroitiers comme les Sagredo. Que je sache, votre Roi-Soleil leur achète une quantité astronomique de miroirs. Louis XIV prise tout particulièrement ceux que fabrique la famille Sagredo. Bien qu'ils n'en laissent rien paraître, comme il sied à Venise, ces verriers vivent aujourd'hui dans l'opulence. Si Elena épouse le jeune Gritti, leur fortune va s'accroître considérablement, comme l'espère le père Gritti. »

***

À la tombée de la nuit, la brume s'est répandue comme de l'encens à travers le dédale vénitien. Dans une *calle* étroite, Priamo Morelli prend brusquement congé de Monfort. Mais le Français le rattrape aussitôt et le saisit par son manteau jusqu'à l'arracher.

« Vous m'aviez donné votre parole ! » dit-il à voix basse.

Le miroitier vénitien tente de se dégager pour poursuivre sa marche, mais le Français le retient.

« *Mi lasci andare !* proteste Morelli. Et d'abord, qui me dit que votre Louis tiendra *sa* parole ? »

D'un geste vif, Monfort le conjure de parler moins fort.

« Mon roi tient son pouvoir de la main de Dieu. Il se gardera bien d'offenser le Seigneur en se parjurant. »

Entraînant Morelli par le bras, « *a destra* », dit-il en pressant le pas. Ils traversent en toute hâte le campo San Maurizio, circonscrit de hauts palais, pour se diriger vers le canal où les attend Rizzi avec sa gondole, sous l'arche du pont de la fondamenta Corner Zaguri, le long du canal de San Maurizio.

Des ombres parcourent les nappes de brume et se rapprochent à pas feutrés des deux hommes. Monfort se retourne sans cesse. Inquiet, il sent qu'ils sont suivis. « Nous y sommes presque », dit-il.

Morelli sursaute soudain, comme foudroyé par une vision.

« Filons ! s'exclame-t-il. Nous sommes morts ! Les espions du Rouge !

— Venez, l'exhorte Monfort. La gondole est là, à deux pas ! »

Morelli le repousse avec force. Puis disparaît dans la brume.

Monfort se glisse dans une *calletta* à angle droit, qui bifurque avant de rejoindre le canal. Mais c'était une illusion d'optique, un cul-de-sac. Il reprend son souffle. Égaré, il revient sur ses pas. Il prend peur et imagine qu'un Inquisiteur le guette au bout du labyrinthe.

Pour comprendre où il se trouve, il se cache au coin d'un palais donnant sur un *campiello*.

Dans l'interstice qui sépare deux immeubles, de l'autre côté de la petite place, il devine Priamo Morelli. Ce dernier semble chercher lui aussi une issue à un piège dans la brume.

Soudain, des sifflements retentissent dans la nuit vénitienne. Comme surgies des ténèbres de l'enfer, deux silhouettes noires entourent le verrier vénitien.

Une dague de verre surgit et pénètre dans la chair de Morelli. Monfort entend un cri sourd.

Le verrier s'affaisse. Les cloches de l'église San Maurizio se mettent à sonner.

Profitant de ce fracas providentiel qui étouffe ses pas, Monfort se lance dans la *calletta*, juste en face de lui. Mais, sentant une présence à ses trousses, le Français s'engage dans une autre *calle*, au hasard.

Des pas furtifs résonnent encore derrière lui. Il court devant lui quand une silhouette noire se présente, lui barrant le passage.

Cette silhouette est suivie d'une autre présence inquiétante. À peine l'homme de main des Inquisiteurs s'est-il retourné que Rizzi le poignarde avec force. Il s'écroule. Rizzi enjoint à Monfort de gagner le canal en lui indiquant le chemin.

Ils sautent dans une gondole et disparaissent dans la nuit brumeuse.

À leur poursuite, Karpovitch apparaît avec deux de ses hommes, mais aucune embarcation n'est à sa disposition pour rattraper Monfort et son complice.

Tête baissée, vexé, Rizzi se tait et rame. L'embarcation s'enfonce insensiblement dans la brume.

« Mais qu'est-ce que tu foutais, bordel de Dieu ? »

***

Dans l'atelier de Pietro della Vecchia, Marco Gritti assiste à une séance de pose d'Elena. Vêtu d'un simple pourpoint qui paraît démodé au peintre français, il est assis sur un tabouret. « Mademoiselle, fixez votre regard sur la pointe de mon chevalet et ne bougez plus. Les premières esquisses sont primordiales. » Il règne dans l'atelier une odeur de parfum fade et douceâtre, mêlée de relents d'huile de lin. Les coups de crayon de Monfort chuintent hâtivement.

« Il vous a faite belle, Elena ! »

Intimidée, elle sourit à Gritti, puis à Monfort.

Le Vénitien regarde le peintre français s'approcher de sa fiancée. D'un geste, Monfort fait se déplacer Elena de quelques centimètres devant le miroir et lui relève le menton, avant de retourner à son dessin.

Gritti fait une moue de désapprobation.

« Vos admirateurs voudront saisir votre regard droit », affirme le peintre avec résolution.

Sous les coups de crayon du peintre, la lumineuse beauté de la Vénitienne commence à transparaître. Son charme naturel surprend Monfort qui se laisse griser par cette surprise à mesure qu'il esquisse les traits d'Elena.

« Gardez la pose, mademoiselle, je vous en prie. »

Elle se ressaisit.

« Pardon, dit-elle doucement. J'ai des fourmis dans les jambes.

— Je vais demander à la servante de t'apporter un baquet d'eau salée, dit Gritti. Ça détendra tes pieds.

— Parlez-nous de Versailles, demande timidement Elena.

— Ah ! Versailles ! On n'y songe qu'à vous éblouir. Que de brocarts chatoyants, de rubans multicolores, de têtes emperruquées, de coiffures nimbées de gloire éphémère ! Figurez-vous un essaim de courtisans tout imbus d'eux-mêmes qui pouffent, ricanent, se gaussent derrière leur éventail dans un nuage de poudre de riz.

— Un jour que Sa Majesté posait pour un portrait dont j'étais chargé d'esquisser les détails tandis que mon maître Le Brun peignait le visage du Roi-Soleil sur sa toile, un divin marquis entre, suivi d'un tailleur de toute petite taille et de deux couturières menues comme des souris, qui portent un vêtement enveloppé dans un drap. Il ôte son chapeau et, bien qu'il ait les reins peu flexibles, se courbe en deux devant le souverain. Le tailleur et les courtisanes font de même, mais plus maladroitement, ce qui semblait beaucoup amuser Sa Majesté. "Sire, j'ai fait au plus vite", dit le marquis. Ce dernier prend le paquet que lui tendent ses couturières, le déballe et s'approche obséquieusement de Louis XIV pour lui présenter une somptueuse veste de soie de Chine brodée de fleurs de lys en fils d'or, à basques et à galons fleurdelisés à la boutonnière. "Majesté, éblouissant d'or, ce costume, déclare Lully avec un accent florentin prononcé, votre amour de la danse s'épanouira tout à loisir dans ce beau vêtement. Désormais, le ciel du royaume s'éclaire d'un nouveau soleil. — Dans notre ciel, soyez la plus lumineuse des étoiles, Lully, réplique Louis XIV. Mercure vous irait bien. — Oh! Sire, une planète si petite. — Mais la plus proche du soleil", conclut le roi, ravi d'avoir si brillamment lâché le dernier mot.

— *Ridicolo !*» s'exclame Gritti en faisant mousser du doigt les dentelles de son jabot, mais Elena, elle, rit de bon cœur.

Crispé, Marco Gritti se mouche bruyamment.

« Ah çà! vous les Français, vous n'avez pas peur du grotesque », ricane Gritti, sarcastique.

Monfort s'approche ensuite de la jeune fille et lui fait pivoter les épaules pour qu'elle se tienne comme avant, juste en face du miroir. Il est frappé par les senteurs suaves et sylvestres qui émanent de son corps.

Il observe désormais sa robe et se concentre.

« Ce velours me semble trop sombre pour un portrait en pied, dit-il. Une autre couleur vous siérait davantage. Rouge. Bleu. Vert.

— J'en ai deux autres, intervient Elena. Une de soie rouge orangé et une parme. »

Marco Gritti se lève de son tabouret.

« Eh bien, qu'à cela ne tienne, dit-il impatiemment, changeons la robe ! »

Il se tourne vers Monfort. Et, avec dédain, comme un aubergiste lui demandant de choisir entre la couleur du potiron et celle de la chicorée de Vérone :

« Alors, à votre avis ?

— Difficile de trancher, lui répond flegmatiquement le peintre, toujours concentré sur son dessin. Le rouge figure des émotions contradictoires. Il signifie aussi bien l'amour que la haine, la vie que la mort... L'orange, en revanche, évoque à la fois l'audace, le rayonnement, la loyauté et la méfiance... La couleur parme, c'est l'amour et l'espoir. Mais c'est aussi la couleur la plus difficile à peindre. Il me faudrait voir cette étoffe à la lumière du jour. »

***

Une gondole accoste devant une volée d'escaliers par où l'on accède à la fondamenta Dandolo, et de là, au campo des Santi Giovanni e Paolo. Aidée par un gondolier qui la saisit par la taille, Margherita Sagredo, la belle-sœur d'Elena, en descend, les bras chargés de deux somptueuses robes en velours soigneusement pliées. L'une est d'un rouge orangé ; l'autre parme. La première a une encolure dégagée, le buste lacé laissant voir le sillon de la poitrine, à moins qu'une gorgerette ne recouvre celle-ci ; la seconde, dont la taille est marquée plus haut par une aiguillette, a des manches à crevés par où l'on aperçoit une doublure en soie bleu outremer.

***

Dans l'atelier de Pietro della Vecchia, derrière un paravent, aidée de Margherita, Elena se défait de sa robe rouge orangé.

Puis elle revient devant Monfort, vêtue d'une robe couleur parme.

« Je préfère cette couleur à l'autre, qui éteint l'éclat de vos cheveux, observe le peintre. Ce parme tirant sur le bleu évoque les reflets changeants de l'Adriatique. Il va bien avec la couleur de vos yeux. »

La jeune femme rougit.

Monfort tourne autour d'Elena, les yeux presque écarquillés, et remarque que ses lobes sont percés.

« Il serait bien que vous portiez des perles. La nacre capte la moindre source de lumière.

— À Venise, il n'est permis qu'aux femmes mariées de porter des perles, objecte Margherita.

— Mais, Margherita, dit Elena, on ne verra ce portrait que le jour de mon mariage.

— *Ma non puoi senza il permesso di tuo padre*, lui souffle Margherita en vénitien.

— Prête-les-moi un instant, *tesoro.* »

Margherita s'exécute et lui tend ses perles.

« Elena, porter des perles avant un mariage, ça porte malheur !

— Ne t'inquiète pas. »

La Vénitienne hausse les épaules et, face au miroir, regarde tour à tour ses deux profils en glissant les bijoux dans le lobe de ses oreilles. Les perles éclairent son visage. Elle croise le regard de Monfort dans la glace.

Le Français a changé d'expression. Il semble troublé par la beauté d'Elena.

Monfort dissimule son trouble à la belle-sœur d'Elena et aux assistants de Pietro della Vecchia qui entrent dans l'atelier, chargés de rouleaux à peindre.

***

Filtré par une unique meurtrière en hauteur, un faisceau de lumière oblique n'éclaire que le centre de la salle. Seul le bureau bénéficie de ce faible jour. Le reste de la pièce est dans la pénombre. Habillés de noir, le visage dissimulé sous leur capuche, les deux Inquisiteurs et celui, énigmatique, qu'on appelle « le Rouge » se tiennent face à Karpovitch. Personne n'a jamais vu leurs visages.

Le Rouge regarde avec gravité l'homme à la peau vérolée.

« Des soupçons, des indices ? »

Sans laisser paraître la moindre émotion, Karpovitch répond.

« Deux marchands écossais ont fait le tour de Murano. Ils logent dans une *locanda*, du côté du canal de Cannaregio... »

Karpovitch s'interrompt, mais il sent que les trois Inquisiteurs l'observent intensément, dans l'attente de la suite.

« Et puis, reprend-il, il y a ce Français que Pietro della Vecchia a invité à travailler dans son atelier. »

Un des interrogateurs prend la parole.

« A-t-il rendu visite à son ambassadeur ?

— À ma connaissance, non. Mais il fréquente assidûment ce lieu de débauche qu'est le Ridotto où les prostituées sont à ma solde. Il gagne plus qu'il ne perd. »

Karpovitch baisse les yeux.

« Qui est-il vraiment, ce Français ? Un espion ?

— Un élève de Charles Le Brun, le peintre du roi Louis XIV, à Versailles.

— Ah ! rien que ça. »

Comme les trois hommes du comité se taisent et qu'il n'a lui-même rien à ajouter, Karpovitch se lève, les salue et s'apprête à sortir.

« Gardez un œil sur ce Français, dit autoritairement le Rouge. Attendez, une toute dernière question. Ce Monfort va-t-il à l'église ? »

Karpovitch réfléchit avant de répondre.

« Il lui est arrivé d'accompagner della Vecchia et Clorinda, sa femme, à la basilique des Santi Giovanni e Paolo. Une fois, dans l'église de San Zaccaria, je l'ai vu inspecter une chapelle, s'attarder longuement devant un tableau de Bellini et finir par le retourner discrètement comme pour vérifier s'il ne se trouvait pas une inscription, je ne sais quoi, de l'autre côté. Il est curieux de tout ce qui concerne nos peintres, mais on dirait qu'il cherche quelque chose d'autre. »

Venise, ce mardi 23 octobre 1663

Cher Maître,

Aujourd'hui, dans l'église de San Zaccaria, j'ai pu étudier une émouvante Madone de Giovanni Bellini. C'est un hymne aux couleurs, bleu, vert et rouge.

Cela crée un étrange malaise que j'ai eu envie d'approfondir. Le fatalisme dont est empreinte cette représentation m'a glacé, quelque effort que j'aie pu faire pour me concentrer sur la composition, le jeu des lignes géométriques et la profusion chromatique.

Point de Dieu pour changer sa destinée. Voilà un artiste qui n'a pas peur de l'enfer.

Versailles

Dans son atelier, Le Nôtre présente à Louis XIV et à Colbert une maquette du futur bras transversal du Grand Canal. Les fontainiers, chargés, comme l'indique leur nom, de la fabrication des fontaines, se tiennent autour d'eux. Le paysagiste montre sur plans ce qui est fait et ce qui reste à faire.

Le roi donne son aval pour la poursuite des travaux et ordonne à Le Nôtre de se pencher ensuite sur l'agrandissement des jardins et la création d'une nouvelle pièce d'eau à la place de cet étang infect qui gâche toute possibilité de promenade dans les environs.

Bien qu'il pressente que ses observations n'y changeront rien, Colbert se lamente : Versailles manque d'eau et aussi bien l'agrandissement du Grand Canal que la création d'une nouvelle pièce d'eau vont en demander des quantités supplémentaires. Il va falloir aller la chercher de plus en plus loin, et cela coûtera une fortune au royaume.

Colbert retient son souffle. Louis XIV lui répond sèchement :

« Nous ne construisons pas pour Nous, monsieur. Nous construisons pour la France. Alors pourquoi diantre s'inquiéter seulement de ce que cela va coûter ? »

Plans à l'appui, les fontainiers assurent Sa Majesté que l'on trouvera toute l'eau propre à remplir ses vœux. Les travaux de construction de la « machine de Marly » sont bien avancés. On pourra bientôt puiser l'eau dans la Seine et la faire remonter jusqu'à Versailles à l'aide d'un « manège » de roues. On envisage même de creuser un canal depuis l'Eure.

Venise

Non loin de la Scuola di San Giorgio degli Schiavoni se dresse l'Arsenal. Monfort découvre, impressionné, la forteresse de la Cité-île. Ses murailles de près de vingt mètres de hauteur sont parfaitement hermétiques. On y construit des cordages aussi longs et puissants que des hydres de mer, et toute une artillerie, des mousquets, des mortiers et des canons de bronze. Le vacarme des fonderies retentit parfois si fort dans la journée, aux abords de cette prodigieuse industrie, que les pavés tremblent. Des charpentiers, des cordeliers et toutes sortes d'artisans de diverses origines en sortent au crépuscule, quand retentissent les cloches du Campanile, escortés de soldats, pour retrouver leur famille dans leurs quartiers respectifs, chaque peuple étant pour ainsi dire assigné à une résidence, de sorte que toute cette partie de la ville est compartimentée comme un échiquier. Telle est la matrice du pouvoir, le creuset où s'élabore sa sombre machine de guerre. Coiffé de sa corne de satin, le doge ne manque jamais d'assister au départ de ses navires de guerre comme à celui de sa flotte marchande, la plus riche du monde.

C'est de l'effrayante enclave de l'Arsenal que sortent les galères les plus impressionnantes que Monfort ait vues de sa vie. Elles mouillent dans la rade de Saint-Marc à côté des navires de marchands chargés de pléthore d'épices, de pigments, d'étoffes et d'objets exotiques qui avaient tant surpris le Français à son arrivée. Un tel remue-ménage règne sur la rive des Esclavons qu'on se croirait dans un bazar. Le Français en est chaque fois étourdi au point de devoir se réfugier dans une église.

***

Un valet aux traits égyptiens ouvre la porte d'un petit salon du Ridotto. La mystérieuse élégante à la robe rouge invite le Français à entrer dans le salon. Monfort ne distingue d'abord que les feux des candélabres dressés sur une table basse. Les silhouettes des meubles et des peintures aux murs s'effacent dans la pénombre. Une fois qu'ils sont tous deux à l'intérieur et que l'Égyptien a refermé la porte, elle en pousse le loquet, au grand étonnement de Monfort.

Lentement, la femme en rouge se démasque. Un front haut, de grands yeux vert d'eau aux pupilles presque verticales, des sourcils arqués et bien dessinés sur un visage à la peau mordorée. Monfort songe à la *Judith* gothique que l'on attribue à Giorgione, le peintre alchimiste. Le maître de Castelfranco s'était-il inspiré d'une *Vénus tentatrice* de Dürer ? Le Français se rappelle que la jambe découverte, massive et nue de la meurtrière d'Holopherne l'avait ému.

« Ce soir, *signora*, vous transgressez les règles du Ridotto. »

Un sourire fugitif altère l'expression de la jeune femme. Monfort trouve que le fard mauve alourdit ses paupières.

« Vous me rappelez la beauté des femmes orientales que décrit Marco Polo dans son *Livre des Merveilles*. »

Elle se tourne vers le grand miroir du salon. Et, pour lisser ses sourcils, elle mouille son index.

« Vous voyez juste, monsieur le peintre. Je suis la fille d'un marchand vénitien et d'une esclave turque. Acceptez-vous enfin de faire mon portrait ? »

Monfort ôte son masque et sourit. Une bouteille de vin blanc et deux verres à pied en cristal sont sur la table. Le Français remplit les deux verres et en tend un à la jeune femme. Elle ne le prend pas.

« Je vous imaginais tel que vous êtes, dit-elle. Tout à fait charmant. Et très français. »

La jeune femme s'approche de lui, prend le verre de vin qu'il tient et y trempe ses lèvres. Ils trinquent. Elle émet un rire mutin.

« Les Vénitiens détestent ce que je représente, mon sang mêlé, à moitié turc. Vous savez comme moi qu'ils ont relégué les juifs à un quartier guère plus grand qu'une esplanade ? Ces pauvres gens y sont parqués comme dans un enclos telles des bêtes, ne pouvant en sortir le soir sans sauf-conduit après le couvre-feu. Ils en sont réduits à ajouter des étages à leurs misérables demeures, faute de pouvoir s'étaler en dehors du secteur qui leur est attribué. Tous ces marchands de Venise, banquiers, débauchés, me dégoûtent. Seul le profit motive leur vie matérielle et obscène. Je déteste cette cité et sa lagune brumeuse. Cette ville aime le faux, l'artifice, les énigmes. Elle se complaît dans la délation. Voilà pourquoi je me console devant les tables de jeu du Ridotto. »

Avant que Monfort n'ait le temps de dire quoi que ce soit, elle applique ses lèvres sur les siennes et lui donne un baiser, comme pour goûter sa saveur.

Puis, avec un rire d'une fraîcheur émouvante, elle ajoute : « Je ne pardonnerai jamais aux Vénitiens et aux Vénitiennes les humiliations qu'ils me font subir. Je n'aurai aucun scrupule à me venger d'eux. Les dommages que je leur infligerai me délectent déjà. »

Face au miroir, elle prend les mains du Français et les pose sur ses seins fermes et presque nus.

« Les Vénitiens ne savent pas ce qu'ils perdent », dit-elle.

Lascive, la belle courtisane se retourne, presse sa poitrine contre lui et respire sa nuque. Elle exhale un parfum troublant.

La mousse de chêne s'y mêle à la bergamote et au cédrat. Monfort reconnaît la fragrance de Chypre que la femme en rouge lui avait fait sentir un jour au Ridotto.

« Vous êtes comme ce beau miroir, dit-elle. Pas moyen de savoir ce qu'il y a derrière votre visage ! Je me demande ce qui m'attire en vous, si irrésistiblement.

— Peut-être quelque chose de français. Et votre goût pour le vertige des sens… Une alchimie périlleuse, n'est-ce pas ? »

Elle l'embrasse encore une fois voluptueusement.

« Périlleuse, dites-vous ? Mais qu'aurions-nous donc à perdre de si précieux, vous et moi ? Regardez le reflet de nos visages dans ce miroir si cristallin, dit-elle. On dirait que nous sommes doubles et quatre. N'est-ce pas là une invitation à un jeu érotique ? »

Elle lui mordille le lobe de l'oreille, puis lui enfonce sa langue au plus profond de la bouche. Émoustillé par le vin et cette comédie, Monfort se laisse faire.

« Dommage que les verriers gardent égoïstement leur secret des miroirs, lui chuchote-t-elle doucement à l'oreille. Ils privent de nombreux amants d'un plaisir délicieux. »

Soudain sérieuse, elle s'écarte légèrement de Monfort et, féline, le regarde.

« Et si je vous disais que j'ai un plan infaillible pour leur voler ce secret alchimique des miroirs ? Votre fortune est assurée, *tesoro mio.* »

Flairant le piège, Monfort s'éloigne d'elle pour reprendre son verre.

La femme en rouge semble suspendue à la réponse du Français.

« J'ai peur de vous décevoir, *signora* », dit-il en vidant son verre de vin blanc.

La courtisane le scrute, comme si elle cherchait à découvrir ce qu'il pense vraiment.

« Je vous pensais plus intrépide, monsieur de Monfort.

— L'art de peindre et cette merveilleuse ville de Venise suffisent à mon bonheur. »

— N'ayez aucune crainte, notre conversation ne sortira pas de ce salon. »

Visiblement déçue, ou vexée, elle remet d'un geste brusque son masque rouge.

« Dommage, lâche-t-elle. Nous aurions pu former un couple ambitieux. »

D'un coup sec, elle tire le loquet et, pensive, après lui avoir jeté un regard plein d'amertume, quitte le salon.

Face au miroir, Monfort regarde la jeune femme disparaître. Il quitte la pièce à son tour.

Une bougie s'allume derrière le miroir qui se révèle sans tain.

Karpovitch était caché de l'autre côté du miroir.

***

Elena se soumet aux séances de pose avec de plus en plus d'enjouement. Faudrait-il la mettre en garde contre cette excitation à laquelle elle s'accoutume ?

Installée de trois quarts, la jeune femme est immobile, le visage tourné vers un petit miroir. Sérieuse, silencieuse et hiératique, comme si elle s'était persuadée d'être au service d'un dieu païen.

Au fond de l'atelier de Pietro della Vecchia, un des assistants du maître vernit une toile peinte : un portrait du doge devant une assemblée de notables, une séance du *Maggior Consiglio*. Vêtue d'une robe en velours émeraude, aux manches à crevés, un collier de perles autour du cou, les cheveux relevés en chignon et entrelacés de fils d'argent, Elena ressemble à Simonetta Vespucci, c'est-à-dire aux portraits que fit d'elle son adulateur, le peintre florentin Sandro Botticelli. La jeune Vénitienne en a vu circuler des copies qui l'ont inspirée.

« Vous êtes une artiste incomparable, dit Monfort avec une douceur flatteuse. Pour tout vous dire, *carissima*, votre voix m'a bouleversé. Elle est restée gravée dans ma mémoire. »

Un sourire de contentement éclaire fugitivement le visage de la jeune femme.

« Chanter me rend heureuse », avoue Elena.

Monfort est surpris et ému par la spontanéité de la jeune Vénitienne. Aucune femme, marquise ou femme de chambre, n'aurait dit une chose pareille à Versailles où tout le monde a peur du ridicule. Elena le regarde si intensément que le peintre ne sait plus comment poursuivre son esquisse. Ce sourire naturel et tendre à la fois le désarme. À cet instant, il ne désire plus qu'une chose : s'approcher d'elle et l'embrasser.

TROISIÈME PARTIE

Page 108.
Vue du Pont du Rialto et du Grand Canal, Venise.
Israël Silvestre (1621-1691).

Venise

Proche du Grand Canal, le palais Vidman se trouve dans la paroisse de San Marcuola. Les deux étages du modeste édifice aux briques rouges donnent sur un jardin fleuri, enclos comme un cloître. Cet *hortus conclusus* est une enclave à l'abri du monde et du temps. Des senteurs d'oléandre et de figue s'en dégagent. C'est là que vit Barbara Strozzi. Dans son salon de musique, au rez-de-chaussée, où vont et viennent des serviteurs noirs, aux habits vert pistache et rose saumon, elle a installé plusieurs instruments de musique, dont un clavecin. Elle a fini de composer un chant d'église à une seule voix, *Ô Maria*, sur le modèle des motets baroques de Marc-Antoine Charpentier, le maître de musique du collège Louis-le-Grand. Le prestige de Versailles rayonne jusque dans la Sérénissime République.

Enveloppée dans un châle de soie jaune qui lui descend jusqu'aux genoux comme un cafetan, Elena Sagredo interprète l'œuvre de Barbara Strozzi, debout, dans une posture cérémonieuse, tout imprégnée de recueillement. La compositrice l'accompagne à la viole de gambe. L'instrument coincé contre son entrejambe, la musicienne manie l'archet. Les cordes vibrent au gré des frottements.

Face à un grand miroir, Elena chante comme si s'élevait son âme à Dieu par la prière. Elle se demande comment le peintre français la voit et ce qu'il aime chez elle.

***

Au fil des jours, Monfort voit Elena apparaître sur la toile. Seul dans l'atelier de Pietro della Vecchia, le peintre français s'interroge devant son dessin. Le clapotement des eaux du canal et le son des cloches de l'église voisine creusent un sanctuaire sonore dans l'esprit du peintre. Cette figure qui s'anime dans son éternelle immanence, est-ce donc bien la Vénitienne qui a posé pour lui ? À moins qu'un idéal esthétique ne la dépasse à présent. Intenses et émus, les yeux d'Elena regardent le peintre par-delà le tableau comme si le regard de la jeune femme fouillait dans sa propre conscience.

***

« Alliance » se dit *fede* en italien. La *fede*, c'est la foi, se rappelle Elena, tandis que l'orfèvre mesure la taille de son annulaire.

Dans cette sombre arrière-boutique de la calle del Fumo, non loin des Fondamente Nuove, elle et Marco Gritti choisissent les bagues qui symboliseront leur union légitime. Il lui en montre deux qui lui plaisent : un solitaire dont le diamant a été serti en quinconce et un anneau torsadé orné d'une aigue-marine.

« Laquelle préfères-tu ? »

Elena hésite. Elle essaie les deux.

« Alors ?

— Je ne sais pas. Choisis celle qui te plaît, Marco. »

Marco Gritti soupire en aidant Elena à ôter le solitaire. Il la regarde dans les yeux.

« Ce mariage nous comblera-t-il autant que nos familles ? »

Elena a posé cette question comme si elle souhaitait que Marco y réponde à sa place.

« Je l'ignore, répond-il. Et toi, qu'en dis-tu ?

— Je ne doute pas que tu m'aimes, soupire Elena.

— Depuis quelque temps, je te sens loin de moi, ailleurs. Tu me souris moins. »

Prise de court, Elena rougit.

***

Deux gouttes de sueur perlent sur le front de l'ambassadeur de France. Il les laisse dégouliner sur ses tempes, n'ayant plus, à l'évidence, l'envie de les essuyer.

« Ils vont bientôt savoir pourquoi vous êtes à Venise, je vous en fais le pari », dit-il.

En face de Monfort, emmitouflé dans sa simarre pourpre, l'ambassadeur tapote son bureau. On dirait qu'il ponctue le clapotis du canal de Cannaregio contre la façade du palais. Avant d'entrer, Monfort l'avait entendu demander à son moine chypriote de tirer les lourdes tentures en brocart devant les fenêtres. La nuit et le silence venaient juste de tomber. Et c'était lui qui le sollicitait ! À présent, il prononce ses phrases à voix basse comme s'il voulait les marquer profondément dans la mémoire de Monfort.

« Si vous n'agissez pas dans les jours qui viennent, vous finirez noyé au fond de la lagune comme nos deux Maltais et tous nos agents. Et si l'idée vous prenait de ne pas accomplir votre mission, Colbert vous ferait disparaître de ce monde. Inutile de venir me revoir, en cas d'échec… Suis-je bien clair, Monfort ? Vous avez quelques verriers à votre portée. Il faut les cueillir pendant qu'il est encore temps. »

Sachant désormais à quoi s'en tenir, Monfort prend respectueusement congé du ministre plénipotentiaire de Louis XIV. Avant qu'il ne quitte le bureau, l'ambassadeur lui donne encore de l'argent.

***

Au Ridotto, Monfort s'est de nouveau installé à une table de pharaon. La femme en rouge l'observe fixement. De temps à autre, elle bombe sa poitrine au décolleté déjà largement ouvert, le cou orné d'un pendentif en forme de loup qui scintille à la lueur des candélabres. La courtisane soupire encore et encore. Monfort et elle échangent des regards complices comme s'ils avaient été amants. Le Français joue et perd beaucoup d'argent. Leurs doigts se frôlent sur le tapis de feutrine verte. Soudain, elle chuchote à son oreille : « J'aurais tant aimé que nos deux corps se confondent en une seule personne. » Un parfum capiteux de vanille et de cannelle achève de distraire le peintre français.

« C'est incroyable, s'exclame un vieil aristocrate bourré de tics qui rappelle à Monfort Versailles, figurez-vous que la fameuse lionne qu'on a importée de Libye pour les Florentins Tornabuoni a donné naissance à deux lionceaux. On n'en avait jamais vu naître à Venise. L'improbable s'exauce dans notre Sérénissime République. D'ailleurs, contre toute espérance, le doge vient de faire libérer Luca Fuga, un des plus fameux souffleurs de verre de Murano, déchu par sa patrie. Quelle tristesse ! Il dort, paraît-il, sur le parvis de la basilique des Frari, mais on ne tardera pas à le chasser. Une pauvre âme parmi les pauvres.

— Et alors ? dit Monfort dans un soupir. »

La femme masquée recouvre de sa main celle du jeune peintre, posée sur son genou. Ému par la chaleur de sa paume, Monfort s'efforce de n'en rien laisser paraître.

Impassible, il se concentre tant bien que mal sur son jeu et place de nouveau une grosse somme d'argent, sur plusieurs cartes. Ses mises sont une fois encore raflées par le banquier.

Sous son masque, la femme en rouge continue de regarder le Français à la dérobée.

***

Le lendemain matin, Elena se présente à l'atelier de Pietro della Vecchia, heureuse de retrouver Monfort et de reprendre la pose. Pendant que le peintre français prépare sa palette, elle s'installe à sa place habituelle, sur un tabouret. Monfort arrange les vêtements de son modèle comme s'il s'agissait d'une poupée.

« Votre portrait ne cesse de m'échapper, Elena », dit-il comme si cela ne dépendait que du peintre.

Elle lui sourit, troublée.

« Pourtant, je ne cesse de vous obéir, observe-t-elle en riant.

— *Cara mia*, vous changez tous les jours d'expression. »

Surprise, Elena se tait. Elle se demande si, à travers son visage, ce Français ne cherche pas désespérément une autre femme, une femme aimée. Au bout d'un moment, cachant son émotion, elle lui dit :

« Je n'ai pas l'habitude d'être regardée si longuement. Vous me faites perdre mon calme. Mon esprit divague. Désolée.

— Voilà ! Parfait. Ne bougez plus, Elena. Vous êtes sublime. »

Elle rougit.

Aussi discrète qu'un courant d'air, Simonetta, la servante des della Vecchia, leur apporte des pâtisseries et des fruits.

Elena s'est figée dans la pose, le regard perdu, parce qu'elle ressent, dans cette proximité charnelle du peintre, le trouble amoureux qui la bouleverse.

***

Entre chien et loup, sur le parvis de la basilique Santa Maria Gloriosa dei Frari, où se tient un marché, les camelots commencent à plier bagage alors qu'on allume les premiers falots aux coins des rues. En retrait, à distance, dissimulé au coin d'un porche, Monfort suit Rizzi, l'homme de main de l'ambassadeur de France, traverse la place peuplée de marchands de fruits et légumes posés à même le sol. Des mendiants estropiés brandissent leurs membres mutilés à la sortie de l'église. Rizzi aperçoit le verrier Luca Fuga. Ce dernier, la cinquantaine, édenté, les traits émaciés, porte une croix orthodoxe autour du cou. Rizzi s'avance vers lui avec circonspection, en prenant son temps. Il chuchote quelques mots à l'oreille de Luca Fuga. Puis poursuit son chemin jusqu'à l'église dont il franchit le seuil. Au bout d'un moment, Fuga le rejoint.

Impatient, Monfort traverse la place à son tour pour accéder à l'église. C'est alors que Rizzi en ressort en toute hâte. Blessé, couvert de sang, il tente d'échapper aux trois hommes du vérolé à ses trousses.

***

Au clair de lune, le décor se change en trompe-l'œil. L'impression d'être suivi saisit Monfort. Quand la nuit tombe, le dédale vénitien est envahi par des ombres équivoques. Les reflets mouvants des canaux deviennent lugubres. Il accélère le pas. Distrait par cette menace latente, il s'égare dans le labyrinthe de la ville lagunaire. Et s'engage au hasard dans une *calle* sans issue. Soudain, une silhouette noire se détache de la pénombre et l'étrangle au moyen d'un lacet de cuir.

Asphyxié, le sang lui montant à la tête, Monfort est projeté brutalement en arrière.

Il essaie d'arracher le lacet qui l'étouffe, mais l'agresseur le resserre encore plus.

« *Lo gó, ghe l'ho ciapa !* » exulte l'homme, comme s'il s'adressait à un ou des comparses vénitiens.

Brusquement, Monfort rejette sa tête en arrière et cogne du même coup, de plus en plus fort, celle de son agresseur qui s'efforce toujours de l'étouffer avec son lacet de cuir.

Le crâne de l'inconnu frappe un heurtoir de cuivre à tête de lion et se fracture.

L'homme de la Sérénissime, comateux, lâche prise et s'écroule, le crâne ouvert.

Le Français se retourne et découvre le visage de son agresseur. Il voit la plaie béante sur son crâne d'où commence à s'échapper de la cervelle.

Des pas hâtifs résonnent autour de lui et se rapprochent.

Monfort s'enfuit sans demander son reste.

***

L'église baroque de Santa Maria del Giglio est une des moins fréquentées de Venise. Elle a été érigée par la famille Barbaro. La façade est ornée de bas-reliefs où figurent les plans des garnisons où servit Antonio Barbaro pour le compte de la Sérénissime République : Candie, Zara, Padoue, Rome, Corfou et Spalato.

Sur ses gardes, Monfort n'est plus si sûr que ce lieu sacré de la cité des Doges est le dernier endroit de la ville où l'on viendra le chercher. Il se peut qu'on l'ait suivi. Avec prudence, il parcourt l'église du regard jusqu'à ce que son attention s'arrête sur la *Madone à l'Enfant avec saint Jean* de Rubens, que le maître baroque anversois, encore sous l'influence de Titien et de Tintoret, avait exécutée pendant son séjour vénitien.

Dans la pénombre de l'église, seulement éclairée par les flammes des cierges, à genoux sur un banc, il feint de prier, les yeux fixés sur le doux visage de la Madone. Pour cacher la marque de son agression, il a entouré son cou d'une étole de soie.

Ayant accédé à l'église par la porte latérale, l'ambassadeur vient se recueillir à son tour sur un banc, juste devant le peintre qu'il a reconnu.

« Vous êtes complètement fou ! lui lance-t-il. Le Rouge ne relâche jamais personne. C'était un piège.

— Qui est vraiment ce “Rouge” demande Monfort.

— Un personnage énigmatique, diabolique. Cet homme est dépourvu du moindre scrupule. Impitoyable. C'est le Romain Crassus. »

Monfort chuchote pour contenir son trouble, mais ne peut s'empêcher de tourner la tête :

« Luca Fuga n'était-il pas l'un des plus grands verriers de Venise ?

— Oui. Avant d'avoir égorgé le jeune prêtre qui couchait avec sa jeune épouse dans le lit matrimonial ! » s'exclame l'ambassadeur en s'efforçant d'étouffer sa voix.

La tête plongée dans ses mains, Monfort essaie de se ressaisir et de réfléchir. Il se penche encore vers son compatriote et lui murmure :

« Monseigneur, Rizzi est vivant… ou bien mort ?

— Vous avez commis une grave erreur en venant jusqu'ici. Vous êtes bien imprudent de me rencontrer.

— Rassurez-vous. Nous ne risquons rien à cette heure du jour. On n'y voit rien. Mais Rizzi, je dois savoir pour agir. »

L'ambassadeur pousse un soupir.

« En attendant de savoir si notre agent est mort ou blessé, il va nous falloir trouver quelqu'un d'autre, quelqu'un de moins crétin surtout. »

— J'ai tué un des hommes de la Sérénissime, dit Monfort.

— Taisez-vous, chuchote l'ambassadeur. Vous êtes absous. Mes informateurs m'ont appris que Jacopo volait, tous les deux jours, des miroirs dans l'atelier de son père. Voilà qui explique d'où vient l'argent qui permet à ce jeune homme de continuer à jouer au casino. »

L'évêque de Bonzi se relève, mais avant de laisser Monfort seul dans la sacristie, les yeux levés vers la rassurante beauté de la *Madone à l'Enfant avec saint Jean*, il lui dit :

« Prions pour que Rizzi n'ait pas eu le temps de parler. »

***

Il a neigé tout au long de la nuit. Des flocons planent encore silencieusement dans le ciel noir avant de s'ajouter au lugubre linceul qui recouvre la Cité-île. L'étendue blanche s'est mise à geler sous les rafales de la *bora*, le vent du nord-est qui s'engouffre dans l'Adriatique. Venise s'est transformée en patinoire. Monfort a glissé trois fois de suite alors qu'il regagnait son logement aux environs du canal de Cannaregio. Il s'approche du miroir. Son teint lui paraît pâle.

Dans sa chambre, des esquisses du portrait d'Elena jonchent son bureau, chacune représentant une expression singulière de la jeune femme, tantôt rieuse et mutine, tantôt sceptique, tantôt chagrine, comme si le peintre l'avait contrariée. Monfort ne cesse de la regarder, amoureux fou. Il songe à la douce odeur musquée du corps et des cheveux d'Elena.

La croisée est entrouverte sur le balcon au-dessus des toits de tuile couvert de neige. Un courant d'air glacial pénètre dans la pièce. Monfort écrit à Le Brun. La pointe de la plume d'oie crisse et une tache d'encre se répand sur la feuille. Le jeune peintre interrompt sa lettre, se lève et enfile sa veste.

Cher Maître, depuis quelques jours, la grâce d'une jeune Vénitienne guide mon pinceau. Je n'ai jamais vu un visage aussi parfait. Oserais-je dire que la beauté de son âme perfectionne ma main et mon style ?

Versailles

Dans l'Antichambre du roi, Louis XIV a réuni quelques courtisans et des membres de la famille royale, ainsi que Mme de Montespan, le compositeur Lully, Molière et Charles Perrault. Sa Majesté est encore entourée de ses tailleurs. Cette fois, ils travaillent aux finitions d'un costume de Soleil. Lully tourne sans cesse autour du roi et donne des conseils aux tailleurs tout en battant la mesure et en dirigeant les musiciens.

Monsieur, le frère du roi, se met à déclamer :

« La troupe des astres s'enfuit,
Dès que ce grand Roi s'avance ;
Les nobles clartés de la nuit,
Qui triomphaient en son absence,
N'osent soutenir sa présence ;
Tous ces volages feux s'en vont évanouis,
Le Soleil qui me suit, c'est le jeune Louis.

— Mon compliment, Monsieur mon frère. Vous vous souvenez donc encore de ces vers. C'était il y a bien longtemps, pourtant. »

Le roi s'interrompt, comme s'il réfléchissait.

« Aujourd'hui, Nous prenons pour corps le Soleil, le plus noble de tous les astres, qui, par l'éclat qui l'environne, par la lumière qu'il communique aux autres astres, par cette course constante et invariable dont il ne s'écarte ni ne se détourne jamais, est assurément la plus vive et la plus belle image d'un grand monarque. Monsieur Lully, ne devrions-nous pas ajouter quelques plumes et quelques boules dorées à ce costume pour faire paraître ce Soleil plus flamboyant ?

— Quelques, Sire? Mais c'est mille feux qu'il lui faut. L'éblouissant Soleil doit chasser, dès son apparition, toutes les noires pensées qui corrompent l'esprit des hommes.

— Les noires pensées, dites-vous?

— Oui, reprend Lully. À tout moment, Votre Majesté doit se mettre en scène. Comme dans un de nos ballets. Et sa place est celle du Soleil, toujours au centre.

— Votre art nous charme, monsieur Lully.

— Merci, Sire. »

Le maître de musique de la famille royale fait signe aux couturiers qui invitent un homme vêtu d'un costume d'empereur romain à s'avancer.

« Le costume pour les joutes, Sire, déclare Lully.

— Ce costume est tout aussi doré.

— Sire, quel que soit le costume, Votre Majesté ne laisse pas de briller.

— *Nec pluribus impar !* lance Monsieur non sans emphase, avec une certaine exaltation.

— En français, Monsieur mon frère, en français, observe Louis XIV. Vous connaissez mon peu de goût pour le latin. »

Molière intervient, à la place de Monsieur, pour traduire. Il se courbe devant le souverain :

« Capable de toutes les tâches!

— Car telle est votre Majesté, déclare à son tour Charles Perrault : capable de gouverner plusieurs royaumes, comme le Soleil éclaire tous les mondes.

— Comme les planètes célestes, Sire, je graviterai autour de la seule étoile qui compte à mes yeux, le Soleil. »

Le compositeur s'incline. Les courtisans s'extasient.

Cette société de plaisirs, qui donne aux personnes de la

Cour une honnête familiarité avec le roi, les touche et les charme davantage qu'il n'y paraît. Par là, Louis XIV tient leur esprit et leur cœur plus fortement peut-être que par les récompenses et les bienfaits. En y organisant des fêtes somptueuses, il a donné à la noblesse le goût de venir à Versailles. Il va l'y enchaîner désormais.

Venise

À cause du froid et de la neige, un grand feu de cheminée projette une lumière ondoyante contre les murs de la salle des Inquisiteurs. Un goéland s'est posé sur le rebord de la fenêtre.

« L'homme est mort après avoir avalé un poison, lâche avec ironie Karpovitch, assis à côté de la femme en rouge. Il avait cet anneau qu'il portait à l'oreille… »

Un drôle de rictus défigure la courtisane du Ridotto, sûre d'elle et hautaine, en prenant l'anneau.

« D'après les caractères gravés sur l'or, il doit s'agir d'un agent à la solde des Grecs, précise-t-elle.

— Bouffonnerie ! s'exclame le Rouge, entouré des deux autres Inquisiteurs aux visages impassibles. À qui exactement avez-vous parlé de Luca Fuga au Ridotto ? »

Interloquée, la femme en rouge semble hésiter.

« À presque tous ceux que nous soupçonnons, finit-elle par lâcher. Je vous passe la liste des noms et des nationalités : Anglais, Espagnols, Portugais, Croates, Turcs, etc.

— Je suis certain que vous avez déjà une petite idée sur la question. »

La femme en rouge perd légèrement sa contenance.

« Il y a d'abord ce Français, Gabriel de Monfort.

— Qu'avez-vous appris d'important sur lui ?

— Il s'est épris d'Elena Sagredo.

— La fille d'un souffleur de verre, rien que ça, répète le Rouge avec un sourire sarcastique. Et alors ?

— Nous avons tout fait pour le piéger, renchérit Karpovitch. Mais nous ne l'avons pas démasqué », poursuit la courtisane en rouge.

***

Au cliquetis des jetons qui s'amassent sur les tables du Ridotto viennent se mêler les cascades de rire et l'entrechoquement des verres et des couteaux. Les notes aigrelettes d'une épinette ponctuent l'atmosphère de pincements qui agacent davantage encore la chair échauffée des joueurs. Dans un petit salon privé, masqués d'une *bauta*, enveloppés dans une cape noire, une bavette de dentelle autour du cou, Jacopo Sagredo et Gabriel de Monfort s'enivrent en compagnie de filles de joie aux robes soyeuses et affriolantes. À la lueur des bougies, dans les miroirs au tain écaillé qui leur font face, le Français observe leurs reflets mouvants. Sur la petite table ronde autour de laquelle les courtisanes se relayent, avant de rejoindre d'autres hommes dans les salons, s'alignent des verres en cristal à moitié vides. La mousse du vin effervescent a laissé des filets nacrés sur le velours du divan. Monfort se dit que ces effluves d'alcool et de sueur auraient indisposé les marquis et les marquises de Versailles. La fille au petit air mutin qui s'est présentée à eux sous le nom de scène de Desdemona se redresse comme si elle surgissait d'une boîte à surprise. Dans le reflet de la glace qui lui fait face, Monfort l'aperçoit se pencher pour déboutonner la braguette de Jacopo et le caresser.

« Maudit jeu, j'ai encore tout perdu ce soir ! » peste nonchalamment le jeune Vénitien.

Tandis qu'il se laisse faire, l'autre prostituée, tout aussi hardie, essaie de convaincre le peintre français de s'abandonner lui aussi. Elle lui dénoue sa bavette de batiste et glisse une main sous sa chemise. Et soudain, à la grande consternation de Monfort, elle s'empare de son carnet de croquis où figurent les dessins d'Elena.

Le Français se cabre violemment et les lui arrache des mains.

« Non, laisse ça ! » hurle-t-il.

Il la repousse si fort qu'elle perd l'équilibre et s'affale dans un fauteuil en éclatant de rire. Avachie, ahurie, la robe retroussée, la jeune prostituée se met à ricaner. Monfort s'excuse et lui demande s'il ne lui a pas fait de mal.

« Monsieur ne bande plus que pour sa belle Vénitienne ! »

Jacopo et sa partenaire éclatent de rire à la vue des dessins éparpillés par terre. Un verre de vin blanc, au bord de la table basse, bascule et se brise sur le sol.

« Quand il y en a pour une, il y en a pour deux ! Et moi, je ne te plais pas ? s'écrie la fille en gloussant. J'espère au moins que tu n'as pas la couille molle. Laisse-toi faire, *tesoro mio.* »

Vexé, Monfort quitte aussitôt le petit salon.

Jacopo se lève.

« Hé ! l'ami ! l'interpelle-t-il. Elle plaisante. Je ne te savais pas aussi susceptible. »

Un petit homme chauve, vêtu de velours mauve et coiffé d'une espèce de tarbouche, attrape Monfort par la manche avant qu'il ne sorte du Ridotto. C'est le patron du *casinò*. « N'avez-vous rien oublié, monsieur le Français ? » lui demande-t-il au passage. À distance, deux hommes musclés aux traits égyptiens sont prêts à intervenir. Sans mot dire, Monfort lance deux sequins d'or au patron du lieu et disparaît dans la ruelle.

***

Dans la nuit vénitienne, une bouteille de malvoisie à la main, Jacopo rattrape enfin Monfort. La lumière d'une lanterne se reflète à la surface d'un canal dont les eaux paraissent aussi sombres et glacées que celles du Styx.

Jacopo lui tend la bouteille. Le Français hésite.

« Écoute-moi, dit calmement Jacopo. Ma sœur est un ange tombé du ciel. Je ne connais pas un homme dans cette ville qui ne se soit épris d'elle. Laisse tomber, elle est promise à Marco Gritti. »

Monfort s'adosse à un mur dont le salpêtre souille sa cape en s'effritant. Il observe cette poudre blanche qui constelle le velours noir et l'époussette du revers de la main. Puis, en souriant à Jacopo, il s'empare de la bouteille et boit une longue gorgée de vin.

« Tu l'aimes, c'est ça ? dit le jeune Vénitien.

— Oui, Jacopo, mais cet amour, comme tu le sais, est impossible, dit Monfort avec amertume.

— Dommage. Ça aurait été drôle que tu sois mon beau-frère. Son Marco est un crétin prétentieux. »

***

Monfort a installé Elena en face d'un miroir, de telle sorte qu'elle puisse, elle aussi, l'observer en train de faire son portrait.

« Mon père, dit la jeune femme, prétend que la clarté du miroir vénitien permet à celui qui se regarde de saisir sa propre vérité et que la vérité serait le contraire de l'oubli. »

Elle ajoute que, quand elle était enfant, il attirait son attention sur les reflets et les ombres dont la présence est si fugitive à Venise.

Elle ne peut s'empêcher de guetter dans le miroir la réaction de Monfort.

« Votre père est un divin sculpteur de lumière, dit-il sur un ton badin, quoique circonspect. Il se trompe, toutefois. Le miroir n'offre qu'un reflet immédiat de l'être alors que, selon mon maître, le portrait en peinture dit la vérité de l'âme.

— Tout dépend de l'artiste, n'est-ce pas ? »

Monfort scrute quelque chose au-delà de la jeune femme. La lumière solaire caresse la chevelure d'Elena. Un rai de soleil filtre à travers les volets de la fenêtre derrière lui.

« Oui, Elena, dit-il enfin, avec un sourire émerveillé. Tout dépend du peintre… Et du modèle ! »

La joie de Monfort entraîne en pensée la jeune femme. Elle imagine qu'ils nagent ensemble, leurs corps enlacés, dans une mer chaude et bleue autour d'une île Éolienne au large de la Sicile.

« Pourtant, dit-elle en sortant de sa rêverie, certains miroirs de mon père et de mes frères ont plus de valeur qu'une peinture du grand Raphaël. »

L'évocation du peintre d'Urbino plonge le Français dans un profond silence. Il la regarde comme s'il voulait figer cet instant pour l'éternité.

***

À chaque rafale de vent sur l'eau, si brève soit-elle, le reflet de Monfort et de Jacopo disparaît, comme une image floutée. Le friselis de la brise nocturne ride les eaux noires du canal par intermittence. Le Français croit voir leurs alter ego inversés franchir un rideau virtuel pour rejoindre une autre dimension. Seuls, silencieux, assis, jambes pendantes, sur un ponton, les deux amis continuent de boire, à tour de rôle, à la même bouteille.

Au bout d'un moment, n'y tenant plus, Jacopo fait une grimace, s'essuie la bouche du revers de la main et s'épanche.

« Je suis endetté, se lamente-t-il. À sec, fauché, comme vous dites, vous autres Français. Une petite resucée ? » ajoute-t-il avec un demi-sourire, en passant la bouteille à Monfort.

Le Français boit une gorgée. Les rasades de malvoisie les invitent à la méditation. La brise se fait soudain plus fraîche.

« Mon père m'a mis dehors comme un bâtard. Il me reproche d'avoir tué ma mère en venant au monde.

— C'est moi qui suis un bâtard, Jacopo, soupire Monfort. Toi, au moins, tu portes le nom de ton père.

— Je ne voulais pas te blesser, Gabriel.

— Où loges-tu ?

— Chez Angelo, un ami… Sale soirée, j'étais en train de me refaire, et, pour finir, j'ai encore perdu. Beaucoup…

— Si nous ne perdions jamais, quel plaisir aurions-nous à gagner ? » dit Monfort en riant.

Il tire une bourse de sa poche et la glisse à son compagnon d'infortune.

« Tiens, prends ces sequins, ils sont à toi, tu me rembourseras quand tu pourras. »

Jacopo ouvre la bourse.

« Mais c'est beaucoup d'or !

— Accepte que je sois ton nouveau banquier. J'ai des biens et de l'argent en France. »

Jacopo réprime un rire nerveux et tend derechef la bouteille à son ami.

« Je te revaudrai ça, l'ami. Incroyable », dit-il en brandissant la bourse et en faisant sonner les pièces d'or dans la paume de ses mains.

***

Le lendemain, la pluie tombe à verse. Monfort guette son modèle à travers le rideau humide qui l'empêche de voir distinctement le débouché de la *calle* par où la jeune femme est censée arriver. Elena est en retard.

La voici qui court dans la ruelle, toute ruisselante, la tête couverte ; son étole lui masque le visage. Elle manque tomber en franchissant le seuil de l'atelier de Pietro della Vecchia.

« Désolée, Gabriel, dit-elle dans un souffle. Mon père va très mal.

— Vous êtes trempée. Laissez-moi essuyer vos cheveux, Elena. »

Monfort lui enveloppe la tête d'une serviette et ordonne à Simonetta, la servante, d'aller vite chercher plus de bois pour augmenter le feu dans la cheminée.

Assise sur un tabouret à côté de l'âtre, Elena dénoue sa longue chevelure encore mouillée, y glisse ses mains et la déploie comme une corolle qui chatoie devant les flammes. Comme si elle avait perçu cette foudroyante intimité, Simonetta prend discrètement congé du peintre et de son modèle. Bientôt, le feu crépite fort. Bouleversé, Monfort regarde la nuque de la jeune femme, plus nue, soudain, que si elle s'était entièrement dévêtue.

Elena relève la tête et regarde Monfort au plus profond des yeux.

« Ainsi vous prêtez de l'argent à Jacopo. »

Monfort s'empare d'un pinceau sans savoir quoi faire avec.

« J'ai gagné cet argent en jouant… J'aurais pu aussi bien le perdre !

— Il ne pourra jamais vous rembourser », dit Elena.

Elle se radoucit. Elle réfléchit et s'approche de Monfort.

« Gabriel, vous êtes différent des hommes de Venise, susurre-t-elle en lui prenant la main libre. Promettez-moi de ne pas répondre à mes paroles. »

Monfort acquiesce d'un petit mouvement de tête.

Elena se lance :

« Je me sens remplie par vos regards, par votre présence. Vous éveillez en moi quelque chose de beau, d'inconnu, et cet inconnu qui me plaît tant est comme un soleil rouge qui brûle mon corps et mon cœur. J'ai peur des rayons de ce soleil qui me consume depuis que je vous ai vu. Chaque matin, une part de moi-même me dit de ne pas venir, et l'autre veut que je coure vers vous. Je vais me marier à un homme que je n'aime pas. Je suis perdue. »

Elena se rassied sur le tabouret. Le feu s'est presque éteint. Elle rajoute du bois. Elle interroge Monfort du regard et se mord encore plus les lèvres. Dans le silence de l'atelier, où les flammes chuintent à peine, elle écoute le pinceau du peintre caresser la toile. Le Français, ébranlé par les paroles de la jeune femme, se concentre davantage et essaie de saisir le trouble intérieur que trahissent l'expression et les yeux tristes d'Elena.

***

La rame effleure la surface du canal de la Giudecca, puis plane, comme une aile, avant de la gifler d'un coup si bref que le gondolier semble caresser l'eau plutôt que prendre appui sur elle pour faire avancer l'embarcation. Chaque fois qu'il vire de bord ou freine, il l'enfonce sans résistance comme un bistouri dans la chair nue, l'ouvrant un instant avant que l'étendue liquide ne se referme et cicatrise aussitôt.

Coiffé d'un tricorne, masqué, Monfort se tapit à l'abri du *felze*, l'habitacle qui recouvre la gondole comme une cabine. De part et d'autre, des fenêtres ajourées tamisent la lumière à la manière de moucharabiehs. La rame qu'il aperçoit à travers le treillage scande ses pensées comme le bâton d'un maître de chant. Il se demande ce que vaut ce gondolier, Alvise, nouvel homme de main de l'ambassadeur de France. De temps à autre, celui-ci s'approche du *felze* pour lâcher, tout en poussant sa rame, une remarque à l'intention de Monfort.

« Rizzi est mort, dit-il d'une voix feutrée comme celle d'un sorcier prédisant l'avenir dans les entrailles d'une poule. »

Monfort reçoit cette nouvelle comme un mauvais présage.

Au bout d'un moment, le gondolier s'avance encore pour lui poser une question.

« Que dois-je transmettre à Son Excellence ?

— Dites-lui que j'avance, Alvise, répond sèchement Monfort.

— Son Excellence voudra certainement en savoir plus !

— Je prête de l'argent au cadet des Sagredo pour couvrir ses dettes de jeu. Dans quelques jours, il sera de nouveau endetté et je négocierai bien plus facilement avec lui. »

À cet instant, Alvise cesse de ramer. La gondole continue de glisser comme un patin à la surface de l'eau aussi égale que celle d'un lac. Un bateau à la poupe duquel se tient le Rouge, l'Inquisiteur, les croise. Monfort s'enfonce davantage dans l'ombre de l'habitacle. Alvise ne prononce plus un mot jusqu'à leur retour au palais.

***

Dans les rues, les simples masques blancs que portent les hommes se mêlent aux *morette* noires portées par les femmes, tandis que défile la farandole des personnages de la *commedia dell'arte*, Pantalon, Polichinelle, Arlequin, Colombine, Brighella et Zerbinetta. Sans compter les *gnaghe*, hommes déguisés en femmes, au bras desquels est suspendu un panier rempli de chatons. À chaque coin de rue, on rencontre des spectacles d'acrobates, des diseurs de bonne aventure, des ours enchaînés, dressés sur leurs pattes postérieures.

Comme tous les Vénitiens, qui chantent et dansent dans les rues étroites et sur les places pareilles à des scènes de théâtre, Elena et Monfort dissimulent leur visage sous un masque. Soudain, sur un pont qui enjambe un canal, Monfort attire Elena vers lui et l'embrasse à pleine bouche. La jeune fille se laisse faire. Elle semble aussi amoureuse de lui que lui d'elle.

Au pont suivant, leurs baisers deviennent encore plus fougueux et passionnés. Monfort lui promet de l'aimer toute sa vie. Elle lui répond qu'il ment et éclate de rire.

Un homme au masque d'ours, qui a manifestement reconnu le rire de la jeune femme, l'interpelle : « Elena ? »

Se gardant bien de répondre, les amoureux tentent de fuir dans la ruelle. Mais l'homme les poursuit en criant le nom de la Vénitienne à tue-tête. Il parvient à la rejoindre, soulève le masque d'Elena et, d'un geste brusque, remonte aussitôt le sien sur son front. Abasourdi, Giovanni reste un instant bouche bée. Il baisse les épaules, remet son masque, s'éloigne et disparaît en se mêlant à la foule en liesse.

Elena, désemparée, laisse partir son frère aîné sans faire un geste. Monfort la rassure : il l'aime plus que tout au monde et préférerait mourir que de la savoir mariée à Marco Gritti.

Les paroles du jeune homme ont profondément troublé Elena.

Ils se prennent par la main, remettent leurs masques et, à leur tour, se mêlent à la foule en fête.

Murano

Deux jours plus tard, quand Elena quitte l'atelier des souffleurs de verre, à Murano, pour rejoindre Monfort chez della Vecchia, son père la rappelle. Il corrige la formule alchimique de la fabrication des miroirs. Derrière lui, à l'aide d'une canne, Giovanni, le fils aîné, souffle du verre comme si de rien n'était. La bulle devient énorme, pareille à un poisson-lune sur le point d'éclater.

« Comment va Marco ? dit-il à sa fille sur un ton faussement sincère, sans la regarder. On ne t'entend plus parler de lui. Et ce portrait, où en est-il ? C'est bien long.

— Père, parlons plutôt de Jacopo, dit Elena d'une voix solennelle.

— Jacopo ne fait plus partie de notre famille. Il n'est plus mon fils. »

Giovanni arrête de souffler et pose sa canne. La bulle se fige à l'extrémité, suspendue à un fil de verre menaçant de se rompre.

« Papa, rappelle-toi combien tu l'aimais, enfant. Tu lui as appris les secrets du métier. Il t'admirait et tu disais de lui qu'il était le plus doué d'entre vous.

— Elena, ne me parle plus de Jacopo, s'il te plaît. »

La jeune femme baisse la tête et murmure qu'elle n'entend pas se marier sans Jacopo, mais son père ne relève pas la remarque.

Elena se met à crier :

« Alors il n'est plus question que je me marie avec Marco, le comprends-tu ? J'ai besoin d'encore un peu de temps pour réfléchir.

Le père Sagredo tourne le dos à sa fille et se replonge dans sa formule alchimique.

« Comme pour ta mère et moi, l'amour viendra avec le temps.

— Il faut que tu pardonnes à Jacopo, papa, insiste Elena.

— Qu'il aille au diable ! » s'exclame le maître verrier en jetant sa plume dans un éclat de voix. Une tache d'encre se répand sur la feuille du grimoire.

Ces mots sont sortis du fond de sa gorge comme s'il les avait arrachés à ses poumons. Une violente quinte de toux le saisit. Elena se précipite vers son père pour l'aider à s'asseoir. « Calme-toi, papa. » Giovanni vient aussitôt au secours de son père avec un verre. Giambattista Sagredo n'arrête plus de tousser. Il crache du sang sur le plancher. Elena verse de l'eau dans un verre et l'oblige à la boire. Le vieux verrier crache derechef. Encore plus de sang.

Venise

Dans le salon de musique du palais Vidman, Elena retrouve sa compositrice bien-aimée pour répéter une nouvelle *aria* dont la mélodie l'a séduite tout de suite quand elle en a découvert la partition. C'est à la fin du premier acte du *Couronnement de Poppée* de Claudio Monteverdi. Drusilla, amoureuse d'Othon, se rend compte que l'impératrice Poppée règne toujours dans le cœur du jeune Romain. Il la rassure et Drusilla se persuade qu'elle l'a reconquis. « Mon cœur jouit, dit-elle, mais sans les comprendre, de si subites douceurs. Tu m'aimes donc ? »

La musicienne, au clavecin, s'applique à suivre Elena à mesure que celle-ci déchiffre les notes. Un petit chien blanc de Barbara, un *volpino*, autrement dit « petit renard », les regarde d'un air perplexe. L'étonnement et la désapprobation alternent sur le visage de la compositrice, mais peut-être n'est-ce là que l'impression d'Elena. Il est vrai qu'elle écoute les paroles de l'*aria* sans prendre garde au développement de la mélodie. Par trois fois, Barbara demande à Elena de reprendre le morceau depuis le début. Elle recommence de bonne grâce, puis s'interrompt et pose ses mains à plat sur le clavier.

« Ma chérie, ta voix est prisonnière. Tu n'es pas avec la musique. »

Elena ne peut réprimer un soupir.

« Que se passe-t-il ?

— Je ne sais pas, Barbara... Plus le jour de mon mariage avec Marco approche, plus je souffre.

— Ce Gritti ne t'aime pas ! Il aime surtout l'idée de se marier avec toi. Le nom si ancien des Gritti contre la fortune toute nouvelle des miroitiers Sagredo. Quelle aubaine pour vos pères !

Ce n'est pas ça, l'amour ! L'amour, c'est la promesse de se fondre à un autre être, dans une étreinte désirée totalement par l'un et par l'autre. Alors c'est ce Gabriel de Monfort ? »

Elena cache son visage à son amie. Elle sent les larmes lui monter aux yeux.

« Barbara, ne me parle plus de ce Français. Dis-moi une chose : pourquoi tu ne t'es jamais mariée ? »

Sereine, la musicienne sourit comme si elle pouvait communiquer son expérience à la jeune femme.

« Ma musique se nourrit de mes amours et je m'en porte très bien ! Mon cœur parle avant moi... Quand un homme me plaît, je l'écoute... J'ai toujours préféré les amants à la servitude d'un mari. Et ce n'est pas parce que je suis généreuse de mon corps que je suis une catin. Je ne suis pas à vendre. Et toi non plus, Elena, tu n'es pas à vendre ! Ne change pas. Nous échapperons à notre siècle.

— Barbara, je suis perdue ! » dit Elena dans un sanglot.

La jeune fille tombe dans les bras de la musicienne qui la serre longuement contre elle.

***

À peine Gabriel de Monfort entre-t-il dans l'église de San Zaccaria qu'il aperçoit Elena, à genoux sur un prie-Dieu, en train de prier devant le cierge qu'elle vient d'allumer.

Surpris, il ne prend pas garde de retenir les battants de bois de la porte de l'église qui grincent sur leurs gonds derrière lui.

Elena se signe et se retourne brusquement, avec l'air effaré d'une femme que des soldats romains tirent par les cheveux dans *Le Massacre des Innocents* de Guido Reni.

Monfort se signe à son tour et rejoint la Vénitienne.

« Gabriel ! Vous voilà enfin, chuchote-t-elle. J'allais partir. »

La jeune femme exhale un parfum de musc, de rose et de jasmin d'une grande fraîcheur.

Une légère rougeur colore ses joues pourtant très pâles.

Il lui prend la main et l'entraîne vers un grand tableau exposé dans une chapelle latérale, *La Vierge à l'Enfant entre deux saintes* de Giovanni Bellini. À gauche de la Madone, la blonde Marie-Madeleine se repent de ses péchés en croisant ses mains sur sa poitrine, le regard perdu dans le vide ; à droite, la brune Catherine d'Alexandrie, fille du roi, coiffée de son diadème de princesse, joint les siennes en prière en considérant l'Enfant Jésus. Monfort attrape un cierge et approche la flamme de la toile. La lueur vacillante semble animer la Vierge et les deux saintes.

« J'admire la beauté sensuelle dont sont empreintes ces trois femmes, dit-il dans un murmure, sans parvenir à dissimuler sa fascination. Hormis sa mère, Marie-Madeleine et Catherine sont les deux femmes qui ont le plus aimé le Christ. C'est parce qu'il éprouve profondément ce qu'il voit que la peinture de ce Bellini est si juste. »

En prononçant ces mots, Monfort croise le regard d'Elena. L'air décontenancé de la jeune femme, comme si elle était surprise en flagrant délit de concupiscence, le fait sourire. Elle baisse le sien et, quand elle le relève, elle remarque que la Vierge ne contemple pas l'Enfant Jésus avec surprise ni fierté.

« Comme c'est étrange, chuchote Elena à Gabriel. Vous avez vu que les yeux de la Madone et de son enfant ne se croisent jamais. Marie sait-elle déjà ce qui va advenir de son fils ? Pauvre nourrisson ! l'angoisse se lit dans son regard. On dirait que leur lien est déjà brisé. »

Brusquement, la Vénitienne se redresse et s'enfuit. Monfort la rattrape aussitôt.

Derrière la double porte battante, à l'entrée de l'église, Elena s'arrête et regarde intensément le Français. Il s'approche. Il la prend dans ses bras et l'embrasse.

Mais Elena se ressaisit et part en courant.

***

Dans l'atelier de Pietro della Vecchia, le Français observe son modèle avec beaucoup d'émotion. Il se rend compte que la jeune femme l'absorbe entièrement. Il colore et peaufine les deux perles qu'elle porte aux oreilles.

« Est-ce que je peux enfin voir mon portrait ? » demande-t-elle innocemment.

Monfort laisse passer quelques secondes avant de répondre, comme s'il se posait lui-même la question.

« Venez, Elena, venez, le portrait est presque terminé. »

Elle se lève, passe de l'autre côté du chevalet et observe d'abord son visage, dédoublé par le miroir. La couleur parme de sa robe, sa coiffure, ses bijoux, tous les détails de la parure que Monfort lui a attribuée expriment la beauté et une sensualité qui, de toute évidence, la touche et la comble.

« Gabriel, dit-elle, émue, vous avez compris quelque chose de moi que personne n'a jamais vu. »

Troublés, ils se regardent longtemps et s'embrassent.

« Je souffre à l'idée de ne plus vous revoir, Gabriel. Et pourtant, il le faut. Vous avez fait suffisamment d'esquisses de mon visage pour terminer sans moi ce tableau.

— Vous n'y pensez pas, Elena. Comment pourrais-je donner à ce portrait l'aura qui lui manque sans votre présence. Comment capter, avec mon pinceau, tout le charme qui émane de vous si vous disparaissez ?

— Margherita pourrait me remplacer avec la robe pour les dernières séances.

— Mais non, Elena. Ne dites pas de bêtises. »

Il lui prend les mains et l'embrasse.

À peine ont-ils échangé un baiser que surgit Marco Gritti, paré de son jabot de mousseline et suivi de Simonetta, la servante. Sa présence les fige comme une averse. Le patricien remarque la gêne d'Elena. La vue de son rival paraît lui causer un vif déplaisir. Gritti contient sa rancœur et ne fait aucun commentaire sur le tableau.

« Ce portrait ne me plaît pas, dit Marco. Allons-nous-en », ajoute-t-il sèchement.

Au bord des larmes, la jeune femme le suit. Elle lance un dernier regard au Français, puis tourne la tête et se mord la lèvre jusqu'au sang.

Monfort comprend aussitôt qu'il ne reverra plus Elena.

Murano

Dans sa chambre au-dessus de l'atelier des Sagredo, Elena a relevé ses cheveux en chignon. Elle porte aux oreilles les perles de Margherita. Elle contemple un instant son visage. Puis enfile sa somptueuse robe en velours parme qui laisse entrevoir une doublure en soie outremer, quand son père ouvre brusquement la porte sans frapper et la fait sursauter. Suivi de sa belle-fille, il a l'air hagard, les traits bouffis, les yeux rouges.

« Tu n'as pas le droit de porter ces perles avant ton mariage, rugit-il. Enlève-moi ça ! »

Elena recule comme si son père l'acculait au mur.

« Et cette robe de gala ? demande encore Giambattista Sagredo. Tant que je serai vivant, tu épouseras le fils Gritti. C'est une consécration pour notre famille. Aucune fille de verrier, aussi riche soit-elle, n'a été choyée comme toi. »

Une quinte de toux interrompt le père d'Elena, qui se plie en deux, les bras croisés sur sa poitrine. Margherita tente, en vain, de s'interposer. Impuissante, elle assiste à la scène sans mot dire.

Elena tente de se faufiler derrière eux pour quitter la chambre, mais son père se ressaisit et la retient de force par le bras.

« Je t'ai permis de pratiquer la musique et de t'instruire. Et toi, pour toute récompense, tu voudrais trahir la parole que j'ai donnée à la famille Gritti. Écoute-moi bien. Tu épouseras Marco Gritti. C'est un ordre, sinon je te tue !

— Non ! » hurle Elena.

Elle essaie violemment de se dégager de l'emprise de son père pour s'enfuir.

« Lâche-moi, papa ! Je t'en supplie. »

Le maître verrier gifle sa fille effrontée.

« Tu feras ce que je te dis ou je t'enferme chez les sœurs ! »

« Très bien, dit Elena d'un air soudain résigné. Dans une maison de Dieu, au moins, personne ne me traitera comme une marchandise. »

Le père Sagredo gifle une deuxième fois sa fille. Margherita intervient, se glissant entre son beau-père et Elena. Il succombe aussitôt à une nouvelle quinte de toux. Crache du sang.

Prise d'un violent haut-le-cœur, Elena s'enfuit de la pièce et disparaît.

Venise

Il y a foule, ce soir, au Ridotto. Hommes et femmes masqués vont et viennent dans la salle où l'on joue au pharaon.

À une table, Monfort, quatre joueurs et la femme en rouge, vêtue comme une amazone, tous concentrés, préparent leurs mises. Le premier, Jacopo pose une grosse somme d'argent sur la table sous les yeux ébahis de ses partenaires de jeu. De toute évidence, le cadet des Sagredo n'est guère à l'aise. Son inquiétude se peint avec une telle intensité sur sa physionomie que Monfort se fige pour en croquer l'expression sur-le-champ.

Le regard de feu de la femme en rouge glisse de Jacopo au peintre. Ses pupilles grandissent étrangement et se dilatent avec le vacillement des flammes des bougies. Elle trempe ses lèvres dans une coupe de vin blanc et observe les cartes à jouer.

Sur ses gardes, jouant le premier, le Français adresse un sourire complice à tous les joueurs.

Murano

Assise dans la cuisine de la maison familiale, épluchant des légumes, Margherita regarde Elena aller et venir comme une abeille cherchant une issue alors que la fenêtre est ouverte.

« J'ai le sentiment qu'il connaît tout de moi comme une mère qui m'aurait faite, dit la Vénitienne. On dirait que ce portrait lui permet d'accéder à ce qu'il y a de plus secret en moi, et même à des choses que je ne connais pas moi-même. Et quand je pense que c'est Marco qui l'a commandé ! dit-elle en réprimant un rire. Ce peintre français lit dans mes pensées. Tout ce qui m'enchante comme mes contrariétés. Il m'a rendue plus transparente que l'air.

— Pourquoi n'arrêtes-tu pas définitivement de le voir ? » suggère Margherita en levant les yeux.

Au bord des larmes, la jeune femme cache son visage dans ses mains.

Sa belle-sœur se lève et la prend dans ses bras.

« Aide-moi, Margherita », dit Elena dans un sanglot.

Venise

Figé à plus de dix pas, dans une attitude mortifiante, Monfort regarde l'ambassadeur de France qui vient de le convoquer d'urgence à cette heure tardive. Assis à son bureau couvert de lettres et de livres, la tête baissée et en disposition d'écrire, le diplomate lui fait un signe pour lui demander de patienter comme s'il craignait de voir s'évaporer ce qu'il consigne sur le papier.

Monfort promène son regard sur le plafond de la pièce dont il observe en détail les décorations. Une fresque maniériste figurant les allégories de la Justice et de la Paix met en scène deux femmes sur le point de s'embrasser sur la bouche. Quel artiste a eu l'audace de représenter une étreinte manifestement saphique sous le couvert du *buon governo* ?

L'ambassadeur jette tout à coup sa plume en marmonnant un juron entre ses dents. L'ancien prélat se lève, empoigne un chapelet auquel est suspendue une croix, commence à arpenter le vaste bureau ; puis, s'arrêtant tout à coup devant le jeune peintre, il lui jette un coup d'œil effaré, comme celui d'une bête nocturne éblouie par une torche.

Le silence du peintre éloigne davantage les deux hommes. L'ambassadeur manipule sa croix en faisant sauter nerveusement le chapelet sur le dos de sa main.

« J'espère que vous avez de bonnes nouvelles à m'annoncer.

— Monseigneur, j'ai le regret de vous dire que cette mission m'est impossible, je n'y arrive pas, dit Monfort sans parvenir à dissimuler sa nervosité. Et puis, je suis certain que les agents de la Sérénissime m'ont repéré. »

— Raison de plus pour agir vite, rétorque l'ambassadeur en pointant son index comme une lame vers le cœur de son interlocuteur. Colbert est furieux. Le roi s'impatiente. »

Les yeux dans le vague, assailli par les doutes, le jeune peintre dodeline de la tête. De plus en plus courroucé, l'ambassadeur le fixe méchamment du regard.

« Bon sang! s'écrie-t-il tout à trac en frappant le bureau avec son chapelet comme s'il s'agissait d'un fléau d'armes, c'est pour ça qu'on vous a choisi. Savez-vous ce qui vous attend si vous renoncez ? Avez-vous déjà oublié que vous n'avez obtenu votre grâce qu'à la condition de vous acquitter de la tâche que le roi vous a confiée ? Le jeune Jacopo Sagredo vous croit son ami. Il est couvert de dettes. Saisissez l'occasion. J'ai bien peur que demain nous n'en ayons plus aucune. »

***

Au nord, la lagune s'étend à perte de vue dans un bleu hyperboréal. Le ciel et l'eau s'y confondent dans la lumière froide du petit matin. Çà et là affleurent des lais et des marécages couverts de salicornes. Des échassiers aux longues pattes rouges, des cormorans au bec jaune et des hérons cendrés cherchent patiemment leur nourriture.

À bord d'une barque, munis d'arcs et de deux carquois remplis de flèches, Gabriel de Monfort et Jacopo Sagredo sont partis, dès l'aube, à la chasse au canard. Ils viennent de transpercer d'un seul coup, presque en même temps, leurs premières proies. Après avoir repêché les deux oiseaux morts dans la lagune, ils se servent du vin qu'ils boivent à la régalade à même une cruche de fer-blanc.

Mortifié comme si le vin lui avait donné la nausée, Jacopo s'assied à l'arrière de la barque et, soudain, se plie en deux, prosterné.

« Il faut que je t'avoue quelque chose, Gabriel », dit-il sans lever les yeux.

Mais il se tait.

« Tu peux avoir confiance, dit Monfort.

— Je n'arriverai jamais à te rembourser, lâche enfin Jacopo, la tête toujours baissée. Mon père m'a déshérité. Il ne tient qu'à toi qu'on me jette dans la prison des Plombs. »

Le peintre tourne la tête en direction du palais des Doges dont la silhouette dentelée, au loin, à contre-jour, émerge de la brume.

À l'opposé, au nord, la lagune semble se fondre dans un silence bleu et ouaté. De ses eaux basses montent de frais effluves odoriférants de vase.

« Je pourrais éponger entièrement ta dette, dit Monfort. À condition que tu veuilles bien prendre quelques risques. Il y aura aussi beaucoup d'argent à gagner.

— S'il ne faut tuer personne, je suis d'accord, Gabriel. »

Monfort le regarde sans rien dire. Les cloches des églises se mettent à sonner. Leur écho se répercute au loin, par-delà les marais salants.

Jacopo tire le couteau de chasse de sa besace et pose la lame sur son poignet. Il commence à trancher sa peau. Du sang coule sur sa main.

« Ne fais pas l'idiot », dit Monfort, agacé.

Il regarde son jeune ami verrier d'un air où se lit un mélange de dépit et de désespoir.

« Plus rien à perdre !

— Écoute bien, dit le peintre en s'emparant du couteau. Mais promets-moi d'abord de garder notre discussion secrète.

— Je le jure devant Dieu, la Sainte Vierge, son fils Jésus et ma mère qui est au ciel », dit Jacopo.

Un silence s'installe.

« Alors ?

— Le roi de France m'a confié une mission. Je suis chargé de faire venir des miroitiers vénitiens pour travailler à Paris. »

Déconcerté, Jacopo tourne la tête du côté de Murano.

Les traits du cadet des Sagredo se sont figés dans une grimace, lèvres suspendues.

« Comme tu le sais, votre savoir-faire est unique au monde.

— Je ne peux pas faire ça à ma famille, dit-il. Je serais maudit.

— Léonard de Vinci et beaucoup d'autres artistes italiens ont connu gloire et fortune à Paris, s'exclame Monfort avec véhémence. Qui n'a jamais traité Lully, ce Florentin devenu le plus grand musicien de France, de traître à son pays ? Personne. Notre roi a entrepris de construire un palais resplendissant d'or, de lumière et de miroirs. Un palais qui sera la huitième merveille du monde. Quel avenir as-tu encore à Venise ? »

Songeur, Jacopo regarde son visage se refléter dans l'eau opalescente de la lagune. Il y plonge la main et, d'un geste agacé, l'efface.

« Si tu parviens à convaincre ton ami miroitier de te suivre à Versailles, conclut Monfort, ta récompense sera encore plus grande. On te trouvera aimable, tu porteras l'épée, tu seras riche et exempté d'impôt. Réfléchis bien, Jacopo.

— Et ma sœur, qu'est-ce que tu comptes lui dire ? »

Monfort lève les yeux vers le ciel.

« Je dois aussi m'acquitter d'une dette. Il y va de mon avenir. Il ne s'agit pas de savoir si nous trahissons qui que ce soit, Jacopo, mais d'abord de survivre. Le roi de France me fera tuer si je ne réussis pas. »

Il tourne la tête, se penche sur le côté de la barque et voit son visage se réfléchir dans les eaux claires de la lagune.

***

Ce rouge soleil, rayonnant dans le ciel strié d'argent comme le flanc d'un hareng, se reflète sur les façades des palais, à la surface d'une *calle* inondée par les eaux hautes, mais l'image est sans cesse troublée par les va-et-vient des passants. Le vent du sud, qui souffle depuis deux jours, est la principale cause de cette *acqua alta* : il pousse la mer Adriatique dans la lagune, par les trois passes qui l'en séparent, et contrarie le mouvement naturel des marées en empêchant les eaux de refluer.

Elena gravit les premières marches d'un pont et regarde le reflet de son visage se déformer à la surface du canal tout en ôtant ses souliers et ses bas, avant de s'aventurer sur le quai inondé. Elle retrousse sa robe et commence à descendre la ruelle, cahin-caha, en faisant face à l'inondation. Mais les eaux, plus profondes qu'il n'y semblait, lui arrivent bientôt jusqu'aux genoux. Des pans entiers de sa robe sont déjà trempés ; l'étoffe épaisse s'alourdit davantage au fur et à mesure que la jeune femme avance. Les mains encombrées par ses bas et ses souliers, Elena n'arrive plus à tenir sa robe à bout de bras, tellement celle-ci est lourde, et finit par la laisser retomber dans l'eau.

***

Dans sa chambre, assis sur son lit étroit, Monfort examine un livre au soleil couchant. C'est un beau maroquin aubergine avec dorure sur tranche et un dos sans titre où seuls sont embossés des filets et fleurons dorés. Il y figure des gravures du scaphandre que Léonard de Vinci imagina pour aider les Vénitiens à combattre la flotte ottomane. Un masque pourvu d'un tuyau permettait au plongeur de respirer.

Monfort lève la tête pour regarder les derniers feux du soleil.

Des froissements d'étoffe se font entendre dans l'escalier qui conduit à son appartement.

Il referme le livre.

Les pas s'arrêtent sur son palier et trois petits coups timides sont frappés contre la porte. Méfiant, il accroche la chaîne de l'entrebâilleur avant d'entrouvrir le battant.

« Gabriel », dit Elena dans un sanglot.

À peine l'a-t-il laissé entrer qu'elle se blottit dans ses bras. Monfort tend la main pour verrouiller la porte pendant qu'Elena balaye la pièce du regard. Parmi les habits et les affaires éparses du Français, quantité de dessins figurent la jeune Vénitienne, de face, de trois quarts, en buste, en pied, etc. Les nombreux profils perdus, ou fuyants, retiennent son attention. À maintes reprises, le peintre français a peaufiné la ligne de la nuque d'Elena, son port de tête, la rondeur de ses épaules, sans qu'elle s'en rende compte, comme s'il l'avait dénudée à son insu.

Monfort l'embrasse avec douceur. Elena se détend et répond à son baiser. Leur étreinte amoureuse devient passionnée et déchirante. Dans leur excitation, leurs caresses deviennent de plus en plus fougueuses. Il retrousse tout doucement la robe trempée de la jeune femme. Elena s'étale de tout son corps sur le lit. Monfort s'étend près d'elle et les deux amants s'étreignent davantage.

Ils s'abandonnent.

Les baisers et les caresses sont dictés par une nécessité impérieuse. L'union intime de leurs chairs leur donne une sensation d'absolu.

Murano

Un chien aboie dans la nuit vénitienne. En faction, deux sentinelles, de part et d'autre du campo San Bernardo, surveillent les allées et venues nocturnes. Jacopo et Angelo, l'apprenti miroitier, s'introduisent par le toit dans l'atelier des Sagredo.

Une odeur méphitique d'ammoniaque et de sulfure d'hydrogène les saisit à la gorge. Ils se faufilent entre les tréteaux et les sculptures de verre en vrac quand une quinte de toux glaireuse les fait sursauter. Jacopo reconnaît la corpulence de son père qui vient d'entrer par la porte principale de son atelier.

Dissimulés dans la pénombre, les deux intrus contiennent leur respiration. La silhouette du maître verrier heurte des meubles et s'arrête pour tousser ; il se reflète dans tous les miroirs avant de disparaître. Jacopo se dirige alors vers une paroi latérale du four où, derrière une brique amovible, est cachée une clef. Il introduit celle-ci dans la serrure d'une lourde armoire où sont rangés des alambics. Angelo fait le guet.

Jacopo extrait du meuble un livre dont la couverture est déchirée et maculée. C'est le grimoire de recettes où sont notés les secrets de fabrication du verre. Il le parcourt jusqu'à ce qu'il reconnaisse les feuilles couvertes de formules et de dosages « alchimiques » qu'il cherchait. Il se concentre pour les apprendre par cœur.

Ayant remis le livre et la clef en place derrière la brique, il quitte sur-le-champ les lieux en compagnie d'Angelo.

Venise

De son côté, Monfort escalade une grille de fer de plus de deux mètres pour accéder au jardin du palais Vidman, demeure de Barbara Strozzi. Un chant pur et cristallin s'élève de l'édifice et emplit l'atmosphère nocturne : c'est la voix d'Elena. À pas feutrés, le jeune homme s'approche jusqu'à une fenêtre du rez-de-chaussée. Le *volpino* blanc de Barbara, qui l'a repéré, vient coller son museau contre la vitre et se met à japper. Monfort s'efface aussitôt de la fenêtre du palais.

***

Au cœur de la nuit, la gondole d'Alvise, le nouvel homme de main de l'ambassade de France, traverse la lagune dans l'épais brouillard qui monte des eaux bleues depuis le crépuscule. Le gondolier rejoint un bateau à voile où trois marins dalmates l'attendent. Ils l'aident à monter sur le pont par une échelle de corde. Un des marins soulève une bâche. Au fond de l'embarcation, Jacopo et Angelo.

« Où est le Français ? demande le Dalmate qui s'impose comme le chef de la bande.

— On ne peut plus l'attendre, répond Alvise. Allez-y ! »

Sans rien dire de plus, Alvise donne une bourse au marin dalmate. Celui-ci compte les sequins et, d'un mouvement circulaire de la tête, les paupières closes, fait comprendre à ses compatriotes que le compte est bon.

Alvise reprend pied dans sa gondole. Avant de reprendre sa rame, debout à la poupe que berce un léger courant, il regarde le bateau à voile des Dalmates, avec à son bord les deux verriers, s'enfoncer dans le brouillard qui absorbe inexorablement les remous de la lagune.

***

Dans le salon de musique du palais Vidman éclairé aux chandelles, Barbara Strozzi donne un concert en petit comité, quelques notables, amateurs de musique baroque, dont un vieux castrat. Elle dirige au clavecin le chant d'Elena. La jeune soprano ignore que, de l'autre côté de la vitre, dans le froid et l'humidité, son *innamorato* l'écoute, déchiré par la mélodie de l'*aria* qu'elle chante. La voix monte, sublime, répétant le refrain avec une telle insistance que Monfort croit que le chant s'adresse à lui. *Che si può fare*? « Comment faire ? » Le *volpino* blanc de Barbara aboie par à-coups, comme s'il détestait la musique, et réveille chaque fois le vieux castrat avachi sur un canapé, avant qu'un serviteur noir en livrée n'intervienne pour le faire taire en lui donnant un morceau de pain d'épices.

Soudain, la jeune femme se tourne vers la fenêtre et les regards de l'assemblée la suivent, comme s'ils se demandaient si ce mouvement fait partie de son interprétation. Elle devine, à son grand étonnement, que son amant l'observe sans bouger dans le jardin. Sur les notes de Barbara Strozzi, émue, elle achève néanmoins son phrasé avant d'accourir à l'ouverture qui donne sur le jardin. Mais Monfort a déjà disparu.

***

Escaladant de nouveau le mur du jardin, Monfort aperçoit une petite porte dérobée. Elle lui avait paru verrouillée par un loquet quand, une heure plus tôt, il l'avait aperçue dans la *calle*. Curieusement, celle-ci est ouverte ; le mentonnet du loquet est brisé. Monfort se faufile dans l'embrasure en restant sur ses gardes avant de s'engager dans la ruelle étroite. Loin de le camoufler, sa cape étoffe sa stature en se gonflant à la moindre bourrasque.

Dissimulé dans la pénombre, à l'affût contre le mur, le vérolé le voit s'enfuir et s'élance à sa suite, sans que le Français s'en rende compte.

***

Monfort débouche au milieu d'un *campo* familier dont le nom lui échappe pourtant. La lumière nocturne fait ressortir comme en plein jour la forme majestueuse du puits en pierre d'Istrie au milieu de la place. Monfort se dirige de pied ferme vers son logement. Il franchit un de ces passages couverts qui percent les immeubles entre deux rues parallèles et que les Vénitiens appellent *sottoporteghi*. Le Français s'aperçoit qu'il est à découvert. Alors qu'il s'engage sur le pont qui clôt la place du côté nord, il sait que plusieurs hommes de main des Inquisiteurs, vêtus de noir, le suivent. Monfort accélère aussitôt le pas et franchit un deuxième pont. À ses trousses, les silhouettes des Inquisiteurs sifflent pour s'indiquer leurs positions respectives et tenter de le prendre à revers.

Monfort se précipite en baissant la tête dans une *calle* obscure et si étroite que ses épaules heurtent les murs. Il se met à courir. Cependant, un bruit de pas résonne inlassablement derrière lui. Persuadé qu'on en veut encore une fois à sa vie, il s'élance sur le campo des Santi Giovanni e Paolo. La statue équestre du Colleoni se dresse devant lui. Il ne lui reste plus que quelques centaines de mètres à parcourir pour rejoindre son habitation.

C'est alors que Karpovitch l'empoigne par le bras et lui plante une dague de verre dans le ventre. Mais Monfort a eu le temps de pivoter, et la dague ripe contre la boucle de son ceinturon. Surpris, comme s'il s'attendait à ce que le Français s'effondre de tout son poids, l'agresseur le poignarde une seconde fois, mais Monfort lui donne un violent coup de coude dans la poitrine. Le vérolé se plie en deux pour reprendre sa respiration.

Le Français s'enfuit aussitôt d'un pas mal assuré.

***

Non loin de là, dans sa gondole amarrée à la fondamenta della Misericordia, Alvise s'agite et perd patience. Chaque silhouette de passant qui surgit dans la nuit le fait tressauter.

Il distingue la silhouette des agents de la Sérénissime et désespère de voir Monfort le rejoindre.

***

Hors d'haleine, Monfort s'est dissimulé dans l'ombre d'un passage couvert. Le brouillard se lève. Il se défait du baudrier de cuir qui l'a protégé des coups de poignard de son assaillant. Il saigne, mais ce n'est qu'une entaille.

L'écho de bruits de nombreux pas se répercute dans la ruelle. Le Français n'a pas d'autre solution que de se glisser dans l'eau froide et noire du canal adjacent et se dissimuler entre deux gondoles, pour échapper aux hommes de Karpovitch qui cernent les issues de la place de toutes parts. Un filet de sang noircit la surface autour de lui. Monfort entend un faible clapotement de rames. Il frémit, mais éprouve un grand soulagement en reconnaissant la gondole d'Alvise.

***

Debout à la poupe, au petit jour, Alvise s'arc-boute de tout son long sur sa rame pour faire avancer sa barque à vive allure. Monfort aperçoit deux embarcations qui, dans le brouillard, les ont pris en chasse. Alvise redouble d'efforts ; ses muscles saillent sous les manches de sa longue veste. Soudain, à la surprise du Français, le gondolier vire de bord, contre toute attente, et s'immobilise dans une épaisse nappe de brume, jusqu'à ce que leur barque soit freinée par la masse d'eau. D'un geste, il fait signe à Monfort de ne plus respirer.

À cinq mètres d'eux, dans l'épais brouillard, glisse le fuselage des deux embarcations à leurs trousses. Trop occupés à ramer de toutes leurs forces pour rattraper les fugitifs, Karpovitch et ses sbires n'ont pas remarqué le soudain virement de bord de la gondole. Les ombres noires des deux bateaux de la Sérénissime sont absorbées par le brouillard qui s'épaissit encore dans la lumière de l'aube.

Murano

Chez les Sagredo, Elena se signe et étreint la main de son père.

Giovanni, Margherita et elle attendent anxieusement le verdict du docteur Bernardino Mazzi qui ausculte le maître verrier. La soixantaine, la mâchoire carrée, habillé de noir de pied en cap, hormis le jabot blanc, maintenu par une broche, qui caractérise sa profession, il dicte son diagnostic à un apprenti praticien dont la tenue est parfaitement conforme à la sienne. À l'aide d'une grande plume d'oie, qu'il trempe sans cesse dans un encrier, le jeune assistant prend des notes dans son écritoire.

« Yeux rouges, sécheresse des humeurs, étouffement et toux chroniques. Inflammation des glandes salivaires — symptôme fréquent chez les souffleurs de verre. »

Le maître verrier est aussitôt pris d'une violente quinte de toux. Ulcère pulmonaire dû à de l'antimoine allié au plomb et au sulfure de carbone.

« Quel âge a-t-il ? demande gravement le médecin.

— Cinquante-trois ans », répond Giovanni.

Le père Sagredo lève la tête et regarde le médecin dans les yeux.

« Dites la vérité, docteur. Je vais crever d'un instant à l'autre, n'est-ce pas ?

— Vous souffrez d'une intoxication aux métaux, poursuit Mazzi. Vous n'y pouvez rien. C'est la maladie des verriers. »

Elena retient ses larmes. Le médecin s'apprête à pratiquer une saignée au malade.

« Promets-moi, ma chérie, promets-moi, dit le maître verrier en saisissant fébrilement la main de sa fille.

— Oui, père », dit-elle en s'essuyant les yeux.

Giovanni et Margherita sont suspendus aux lèvres d'Elena.

« J'épouserai Marco, dit-elle. Je l'épouserai puisque telle est ta volonté. »

Satisfait, le père Sagredo se détend et ferme les paupières.

Venise

Accompagné de ses deux hommes, Karpovitch surgit devant l'immeuble de Monfort, au nord de la Cité-île. La *fondamenta* est déserte, comme si les habitants du quartier s'étaient terrés en voyant arriver la sinistre escouade du Rouge. Karpovitch saisit le heurtoir en forme de lion de la porte du bas et le fait retentir contre le portail en bois. Personne ne lui répond. Il ordonne alors à l'un de ses deux acolytes de glisser son pied-de-biche dans le chambranle. La serrure cède aussitôt. Ils montent l'escalier quatre à quatre. Au troisième étage, Karpovitch, d'un brutal coup d'épaule, fracasse la porte de la chambre de Monfort. Silence. Comme s'y attendait l'agent des Inquisiteurs, la chambre est vide. En vrac, les affaires du Français sont éparpillées sur le lit, la table et le sol, et à tous les murs sont suspendus des portraits d'Elena. L'homme de la Sérénissime s'approche d'une esquisse où la jeune femme, de trois quarts, assise sur le lit de la chambre, figure entièrement nue. Le visage de Karpovitch se durcit davantage. Il arrache le dessin et le déchire.

Murano

Dans l'atelier du maître verrier, Giovanni a commencé sa journée de travail, mais son père, qui est resté au premier étage, va de mal en pis.

Margherita, la femme de Giovanni, est en train d'allumer le fourneau de l'atelier quand la porte de l'atelier s'ouvre brusquement. Le vérolé et quatre de ses hommes de main surgissent.

« Karpovitch, tu ne peux pas nous foutre la paix ? dit Giovanni en agitant le dos de la main comme s'il demandait une trêve avant même qu'un conflit ne s'engage.

« Où est Angelo ? demande sèchement Karpovitch à Margherita.

— J'espère qu'il ne s'est pas noyé. Il est souvent ivre, prétend Giovanni.

— Jacopo a également disparu, reprend Karpovitch, suspicieux. Je suppose que tu ne sais pas non plus où il est.

— Jacopo n'est plus mon fils », dit le père Sagredo faisant son apparition.

Il descend l'escalier.

« Je l'ai chassé, poursuit-il. Et ce crétin d'Angelo réapparaîtra tôt ou tard. »

Saisi par une longue quinte de toux, le maître verrier crache des glaires et du sang qui dégoûtent les hommes de Karpovitch.

« Il semble qu'un étranger a effacé toutes ses dettes, dit ce dernier.

— Où veux-tu en venir ? Pourquoi toutes ces questions ? » demande le père Sagredo.

Karpovitch s'assombrit davantage et regarde tour à tour Giovanni et son père d'un air menaçant.

« Nous soupçonnons ton fils cadet d'être allé vendre son savoir-faire à l'étranger.

— Aucun risque, réplique Giovanni. Jacopo ne connaît pas ma formule du verre cristallin. »

Alors le maître verrier prend la clef dissimulée derrière la brique amovible de la paroi latérale du four. Il ouvre la lourde armoire de fer où le livre en question est bien à sa place parmi les alambics. Il prend le livre et le referme d'un air inquiet qu'il a du mal à masquer.

Les traits du vérolé se crispent subitement. Karpovitch arrache le grimoire des mains du maître verrier et découvre que la formule magique a été noircie.

« Jacopo est un sale traître ! Nous le retrouverons, même s'il nous faut aller le chercher à Paris, dit-il placidement avec un sourire amer. Mort ou vif. »

Giovanni s'interpose violemment pour empêcher les sbires d'emmener son père, mais Karpovitch le repousse.

« C'est Jacopo le coupable, intervient Giovanni.

— Tu connais la loi. Et ton père la connaît mieux que personne. »

Les représentants des Inquisiteurs d'État enchaînent les poignets du vieux Sagredo et de Giovanni et emmènent les deux hommes. D'un coup de pied, Margherita hurle, casse un miroir qui se brise en mille morceaux et tombe à genoux.

Venise

Karpovitch, accompagné de ses hommes, fait irruption dans l'atelier de Pietro della Vecchia. Clorinda vient précipitamment se blottir contre l'épaule de son mari.

« Où est le peintre français ? » demande Karpovitch.

— Nous n'en savons rien », dit fermement le maître, tout empreint de dignité.

Il les défie du regard.

Della Vecchia et Clorinda se regardent. La jeune femme est désemparée.

Karpovitch s'approche du portrait d'Elena que Monfort a récemment achevé.

« Toi, le peintre officiel de la République Sérénissime, comment as-tu osé cacher un espion français dans ton atelier ? dit-il furieusement.

— Monfort m'a été envoyé par mon ami Charles Le Brun, répond della Vecchia. »

Karpovitch prend le couteau attaché à sa ceinture et lacère de trois coups le portrait d'Elena sous les yeux du vieux peintre, de ses assistants et de son épouse terrifiée.

Puis il renverse si violemment la cage que les deux perruches en sortent et virevoltent dans l'atelier avant de s'enfuir par la fenêtre ouverte.

Dans les Alpes

Composé de dix mules, un convoi s'apprête à franchir un col que surplombent les sommets enneigés. Emmitouflé dans une couverture, brûlant de fièvre, Monfort est couché sur la monture qui le bringuebale comme un ballot. À près de deux mille cinq cents mètres d'altitude, à l'ouest des Alpes couvertes de neige, le col du Grand-Saint-Bernard, en Valais, a longtemps marqué la frontière entre l'Italie et la Suisse, entre la Vallée d'Aoste et le val d'Entremont. Le lieu de passage que privilégient les colporteurs, les pèlerins, mais aussi les brigands.

Des images fugitives d'Elena traversent l'esprit de Gabriel de Monfort sans qu'il parvienne à se concentrer sur aucune d'elles. Derrière lui, Jacopo et Angelo font avancer tant bien que mal leurs mules dans la neige.

QUATRIÈME
PARTIE

Page 166.
Vue de la Fontaine du Dragon, Château de Versailles.
1676, Israël Silvestre (1621-1691).

Versailles

Par un bel après-midi bleu et froid, Louis XIV, accompagné de Le Nôtre, de Colbert, de la Montespan, des deux dames de compagnie de celle-ci et de quelques courtisans, se promène dans les jardins de Versailles. Il y a partout des pièces d'eau, des lacs, des cascades, des fontaines, toujours plus de fontaines, toujours plus d'eau. Lorsqu'ils fonctionnent en même temps, les mille quatre cents jets d'eau consomment plus de mille litres par seconde. L'eau est la grande affaire de la résidence du roi. Elle a tant manqué que Charles Perrault écrit : « L'on était en branle de quitter Versailles pour aller bâtir dans un terrain plus heureux. » Les grandes eaux sont réservées aux événements exceptionnels, mais les rivières des environs ne s'en sont pas moins vite taries et il faut aller chercher l'eau de plus en plus loin.

Le petit comité royal s'arrête tout près d'une fontaine dont les eaux jaillissent en grandes gerbes. Après le passage du roi, un fontainier siffle comme un oiseau pour qu'on coupe l'eau de la fontaine tandis qu'un de ses collègues ouvre la vanne commandant les eaux de la fontaine suivante, vers laquelle se dirigent Louis XIV et sa suite.

Dissimulé derrière un bosquet, un petit orchestre entonne les premières notes de la « musique de cour ». Les fontainiers règlent aussitôt la circulation hydraulique pour que le roi puisse jouir du spectacle des jets d'eau. Lorsque Sa Majesté se présente devant une nouvelle fontaine, on a fait en sorte qu'elle soit déjà en eau, et le procédé se répète : on la ferme à son tour dès qu'il s'éloigne. Cependant, quelques pas plus loin, Louis XIV fait une nouvelle halte pour observer les quatre musiciens en train de jouer en son honneur dans un bosquet. Les fontainiers hésitent. Doivent-ils remettre la fontaine en eau ou actionner la prochaine ?

Le roi fait mine de ne pas s'apercevoir que la fontaine est coupée avant d'interpeller le jardinier royal.

« Et maintenant, monsieur Le Nôtre, où allons-nous trouver notre eau ? »

Ce n'est pas le paysagiste qui répond, mais Colbert : « Sire, M. Arnold de Ville mérite sans conteste la première récompense de notre concours. Il a imaginé une machine capable de faire venir l'eau de la Seine à Versailles. »

Sur un signe du ministre, un homme qui se tenait à quelques pas en retrait s'approche. Le roi et sa cour reprennent leur marche. Installées sur la Seine, quatorze roues de douze mètres de diamètre actionnant plus de deux cents pompes doivent faire remonter à l'eau les cent soixante mètres de la colline de Marly et en débiter six mille mètres cubes en direction de Versailles. En réalité, la machine n'en débitera guère que la moitié, dans un tel fracas tout au long de l'acheminement de l'eau qu'il s'entend à des kilomètres à la ronde. Le petit comité royal arrive devant une autre fontaine.

« Sire, s'exclame Le Nôtre, vos fontainiers ont un autre projet, plus immense encore ! »

Se méfiant de la réaction de Colbert, qu'il anticipe, le paysagiste laisse la suite de son propos en suspens.

Légèrement impatienté, le roi tourne la tête de quelques degrés pour fixer Le Nôtre du regard.

« Parlez, monsieur. Nous vous écoutons.

— Il s'agirait de construire un aqueduc depuis l'Eure. »

Comme si Méduse l'avait frappé du regard, Colbert se fige si brusquement que tous les yeux des courtisans se braquent sur lui.

« Quatre fois la distance de Paris à Versailles ! Mais vous n'y pensez pas ! Les Romains disposaient d'esclaves pour construire leurs aqueducs.

— Nous sommes en temps de paix, Colbert, dit le roi. Nous y ferons travailler nos armées. Deux cents gardes suisses devraient suffire pour creuser une pièce d'eau. »

Reprenant sa marche, Louis XIV s'adresse en aparté à son ministre :

« Certes, Colbert, nous vous causons bien des soucis, mais il nous faut éblouir, voyez-vous. C'est à cette condition que nous tiendrons la noblesse. Le bon ordonnancement de nos jardins l'engagera à la tenue, et au respect de son roi. »

Paris

Deux semaines plus tard, le dos collé au fond d'une barge que tirent les percherons des haleurs le long de la Seine, Monfort est soudain réveillé par les cloches de la cathédrale Notre-Dame. Il ne voit d'abord que le ciel d'un bleu très doux où de longs stratus s'effilochent en lambeaux comme si une fileuse invisible les démêlait et les lissait. Les voix de Jacopo et Angelo qui s'interpellent lui parviennent comme d'un autre monde. Les deux jeunes Vénitiens semblent émerveillés par l'exubérance des lavandières qui battent leur linge sur les berges du fleuve. La tête à l'envers, encore éprouvé par toutes ces journées fiévreuses où le délire alternait avec des visions d'une lucidité terrifiante, le Français reconnaît enfin les tours de la cathédrale, où sont conservées les reliques de la crucifixion du Christ, et les ponts qui enjambent la Seine au cœur de la capitale.

Paris

Un fatras de tableaux de grand format, d'esquisses, de décors allégoriques et de modèles préparatoires à des scènes équestres sur un champ de bataille encombre l'immense atelier dont jouit désormais Charles Le Brun dans la manufacture royale des Gobelins. La pièce fourmille d'assistants de tous âges. Le premier peintre du roi y travaille à *La Chute des anges rebelles*, une grande huile que le roi lui a commandée, en guise de projet, pour un plafond du château.

Compliqué et entremêlant beaucoup de personnages, le dispositif pictural à la Rubens s'organise autour de la figure de l'archange saint Michel qui foudroie un monstre à sept têtes symbolisant les sept péchés capitaux.

Le Brun s'applique tellement à retoucher l'archange saint Michel qu'il n'a pas entendu son meilleur élève arriver derrière lui. Gabriel de Monfort blêmit. Le supplice que son maître a réservé aux damnés résonne en lui.

Le premier peintre du roi se retourne et lui donne aussitôt l'accolade. Tous les assistants s'arrêtent de travailler pour les regarder. Le maître et l'élève retiennent leur émotion.

« Ce tableau est destiné à la chapelle de Versailles, dit Le Brun. Je vous laisse le terminer. »

Monfort ne peut détacher son regard de la grande toile.

***

À la Manufacture royale de glaces de miroirs du faubourg Saint-Antoine, vêtus de leurs habits de cuir d'artisans verriers, Jacopo et Angelo achèvent la fabrication d'un miroir cristallin sous les yeux de Gabriel de Monfort et de Nicolas du Noyer.

D'une pureté parfaite, le tain du miroir capte merveilleusement la lumière et leurs visages avec des tons gris-bleu et un effet pailleté qui scintille comme le sillage d'un bateau dans l'océan. Mais quand les deux verriers vénitiens soulèvent la plaque de verre, elle se fendille en mille morceaux. Du Noyer fronce les sourcils et fixe Monfort du regard. L'air dépité, Angelo confirme leur échec d'un signe de la tête.

« Nous avons dû employer trop de mercure pour le dissoudre avant d'en recouvrir le verre, dit Jacopo. À moins que ce ne soit le bois de combustion.

— Jacopo, il faut que tu retrouves la formule », dit Monfort.

Ne pouvant contenir plus longtemps sa colère, du Noyer coupe court aux explications.

« Débrouillez-vous, je ne veux pas le savoir, lâche-t-il brusquement. Je vous donne deux jours, pas plus, pour réussir un miroir vénitien. »

Et de laisser Monfort en plan en prenant congé des trois hommes.

Angelo s'est mis à ramasser les éclats de verre. Affligé, Jacopo s'adresse à Monfort.

« Gabriel, un Milanais balafré m'a abordé l'autre jour sur une berge de la Seine. Il m'a dit que mon père est en prison. Le doge l'a fait arrêter.

— Je n'y peux rien, Jacopo. »

Il lui donne une petite tape sur les épaules, mais Jacopo fait deux pas en arrière, comme si le Français l'agaçait.

« Aucune autre nouvelle de Venise ? » demande Monfort.

Jacopo s'écarte en faisant non de la tête.

« Tâche de te souvenir de cette formule damnée. »

***

Non loin de l'église Sainte-Élisabeth-de-Hongrie, dans le quartier du Marais templier, Jacopo et Angelo s'engagent dans un réseau de ruelles étroites. Un certain camelot au service d'un marchand vénitien de lin, de soie et de dentelles est censé leur donner des nouvelles de leurs familles respectives. L'étroite rue Notre-Dame-de-Nazareth leur paraît singulièrement lugubre. S'agit-il d'un traquenard? Des pas de plus en plus rapprochés achèvent de les persuader que des hommes qui ne leur veulent pas que du bien sont à leurs trousses.

Angelo pâlit, se fige, en proie à un malaise qu'il n'arrive pas à maîtriser. Il est pris de vomissements.

Les deux verriers vénitiens décident de se séparer pour échapper à leurs poursuivants. Un sifflement retentit, pareil à ceux de Venise. Paniqué, alors que Jacopo s'éloigne dans un labyrinthe sombre qui lui rappelle sa ville, Angelo tente de reprendre sa marche, mais doit encore s'arrêter pour vider de nouveau son estomac. Il s'accroupit. Quand il se relève, Karpovitch se dresse devant lui, flanqué du balafré milanais et de deux autres acolytes. Les agents secrets de la Sérénissime ouvrent grand les bras pour donner l'accolade à Angelo et faire croire aux passants qu'ils viennent de retrouver un de leurs compatriotes bien-aimés.

« *Figlio di puttana !* »

Karpovitch enfonce aussitôt une dague de verre dans le ventre du jeune Vénitien, terrorisé, qui lui saisit désespérément les bras, y enfonçant ses ongles.

Versailles

« Les imbéciles ! » s'exclame Colbert, furibond.

Le secrétaire d'État de la Maison du Roi arpente son bureau à Versailles, les mains croisées derrière le dos, qu'ils frottent l'une contre l'autre comme s'il les lavait sous un filet d'eau froide ; c'est là, chez cet homme grave et sombre, un signe d'impatience que Nicolas du Noyer connaît bien. Crispé, contenant manifestement à grand-peine un dépit qui déborde, le directeur de la Manufacture royale de glaces de miroirs se tient à côté de Monfort. Tous deux guettent l'orage. Colbert s'arrête devant la fenêtre et cherche, dans le chantier des jardins de Le Nôtre couverts de neige, quelque chose qui l'apaise, un arbre, un oiseau ou un ouvrier s'affairant dans le vaste trou du futur bassin d'Apollon, mais on dirait qu'il regarde ailleurs, au-delà de ce qu'il voit.

« Sommes-nous donc, nous français, incapables de fabriquer des miroirs comme les Vénitiens ? s'interroge Colbert tout en continuant de regarder par la fenêtre.

— C'est bien ce que nous nous demandons, répond le directeur. Leur savoir-faire tient-il à la salinité particulière de la lagune, un subtil dosage de sel et de soude que nous n'avons pas encore trouvé, ou de ce mystérieux carbonate de potassium… ? Il provient d'Égypte, paraît-il. C'est ce que les Vénitiens appellent la "poudre de momie"…

— Je me moque bien de la composition de cette formule, tranche Colbert en se retournant vers Monfort et du Noyer. Il nous la faut. Dans trois jours, quand je viendrai visiter la Manufacture au nom de Sa Majesté. Et vous, Monfort, trouvez le moyen de les raisonner, si vous tenez à obtenir votre grâce.

— Ma mission, monsieur, consistait à vous ramener des verriers vénitiens à Paris et rien d'autre.

— Votre effronterie pourrait vous coûter cher, monsieur de Monfort. »

Paris

Au sud de la Seine, dans la rue des Boucheries, non loin de la porte Saint-Germain, se trouve l'amphithéâtre d'anatomie de Saint-Cosme. C'est là que le barbier-chirurgien Charles-François Félix procède à des dissections devant les étudiants en médecine. Ce matin-là, on lui a livré le cadavre du jeune commis verrier Angelo, désormais nu et étendu de tout son long, à plat dos, les pieds légèrement écartés, sur une longue dalle de marbre près de laquelle l'anatomiste opère tout en donnant des instructions à ses adjoints. Assis sur les gradins concentriques en bois du *theatrum anatomicum*, les gardes font cercle autour de Colbert, de du Noyer et de quelques nobles. Livide, Monfort est au troisième rang, sur les gradins. Incognito, Japoco s'est joint à son ami français. Emmitouflé dans son vêtement dont un pan lui couvre la bouche et le nez, Giovanni Giustiniani, l'ambassadeur de la Sérénissime République de Venise à Paris, essaie à grand-peine de se montrer impassible, comme l'exige son métier. Seuls sont mobiles ses yeux clairs où se lisent, alternativement, l'effroi et la consternation. Il a dû répondre à contrecœur à l'invitation du secrétaire d'État de la Maison du roi de France.

Près de la chaire du chirurgien sont soigneusement disposés, sur des étagères, divers instruments de médecine, clystères, thermocautères, bistouris, lancettes à saignée, trépans, attelles crâniennes, tourniquets compresseurs et scies d'amputation. Monfort se souvient de la nausée que lui avait causée la fresque de Carpaccio de San Giorgio degli Schiavoni où l'on voit les restes du menu du dragon étalés dans le désert.

Après avoir longuement observé les entrailles du cadavre, le chirurgien déclare, sans lever la tête :

« De la poudre de diamants a déchiré l'estomac et l'intestin grêle de cet homme. Technique fort peu commune dans notre pays. Regardez, dit-il en montrant à l'assemblée un bout de verre étroit et taché de sang séché. La dague translucide est restée fichée dans les entrailles.

— Cette dague de verre cristallin vous inspire-t-elle quelque chose, monsieur l'ambassadeur ? demande Colbert.

— Je vous assure que nous sommes étrangers à cette affaire, répond le diplomate sans perdre sa contenance. Nous autres, vénitiens, sommes trop proches de notre argent pour assassiner les nôtres avec du diamant, même en poudre, monsieur le surintendant. »

Quelques membres de l'assemblée étouffent un rire.

« Si cela devait se reproduire, déclare Colbert, vous n'aurez aucune peine à concevoir que les relations amicales entre Sa Majesté et la République de Venise pourraient en être affectées. »

L'ambassadeur vénitien Giustiniani fixe Colbert du regard comme s'il recevait la menace sans la relever pour autant.

« Rassurez votre roi Louis, dit-il sur un ton mielleux qui ne trompe pas Colbert. Alliés et loyaux comme le sont l'un envers l'autre le royaume de France et notre république, nos intérêts ne peuvent que parfaitement converger. Il n'y a aucune raison pour qu'il en aille autrement. »

***

Une fois dehors, dans la rue des Boucheries, d'avoir vu Angelo froid et étalé comme un veau équarri sur la table de dissection, Jacopo est secoué de tremblements. Monfort le réconforte.

« Je les connais, Gabriel. Ils sont implacables. Ce sera bientôt mon tour.

— Souviens-toi de cette formule, Jacopo. Et après, une fois qu'il t'aura anobli, le roi te protégera. Ils n'oseront plus s'en prendre à toi », lui assure Monfort.

Le jeune verrier fait quelques pas dans la rue et se retourne. Il regarde son ami dans les yeux.

« Tu me le promets ? Sûr ?

— Colbert peut obtenir que le roi t'anoblisse, Jacopo. Retrouve cette maudite formule et tu connaîtras la gloire. »

Le visage du Vénitien s'éclaire d'un sourire comme si la formule commençait à lui revenir en mémoire. Monfort lui donne l'accolade et sourit à son tour.

***

Colbert a organisé pour certains ministres une visite solennelle de la Manufacture royale de glaces de miroirs du faubourg Saint-Antoine.

Nerveux et raide dans ses bottes, Monfort voit arriver l'équipée officielle avec une grande appréhension.

Suivi d'Hardouin-Mansart, l'architecte du roi, de du Noyer et de maints courtisans, Colbert arpente les salles de la verrerie. Il examine les fours, les instruments, avant de s'approcher de Jacopo qui souffle un cylindre et le coupe en tranches.

« Tout comme à Venise, Monseigneur, intervient du Noyer, nous utilisons, pour la fabrication de notre glace, un procédé que l'on nomme "manchon".

— Fort bien », dit flegmatiquement Colbert.

Monfort salue respectueusement le secrétaire d'État de la Maison du roi. Jacopo se remet à souffler du verre.

« Cette méthode, poursuit du Noyer, consiste à cueillir puis à donner à une masse de verre fondu l'empreinte d'un moule qui prend la forme d'un cylindre avant de refroidir. Ce manchon cylindrique est ensuite fendu dans sa longueur, puis mis à plat et recuit dans cet autre four que nous appelons chez nous "carquaise" pour donner au verre un refroidissement progressif. »

Non loin, devant Monfort, on montre à Colbert et aux membres de la Cour une glace que l'on polit puis étame aussitôt.

« Regardez, Monseigneur, dit du Noyer pour attirer l'attention du principal ministre du roi. Voici le tout premier miroir de cristal pur, à la façon de Venise, que la Manufacture soumet à votre appréciation. »

Le visage de Colbert s'y reflète. Les ministres applaudissent dans un brouhaha haché par le froufrou des mouchoirs de dentelle et rivalisent en compliments hyperboliques.

« La facture de ce miroir surpasse en qualité la plus belle production de nos verriers lorrains, remarque Hardouin-Mansart.

— Vous gagnez, monsieur l'architecte », observe Colbert avec un demi-sourire.

Flatté, Hardouin-Mansart s'incline pour montrer combien l'observation du secrétaire d'État de la Maison du roi le touche. Monfort fait un signe de satisfaction à Jacopo.

« C'est la France qui gagne, en vérité, dit Colbert. Non seulement ce savoir-faire nous fera économiser d'importantes sommes d'argent, mais il va nous en rapporter. Bientôt, l'Europe tout entière viendra acheter les plus beaux miroirs du monde à Paris.

— Permettez-moi d'insister, s'exclame Hardouin-Mansart, sur l'importance de réaliser des miroirs deux fois plus grands, comme il convient pour la Grande Galerie des fêtes. »

L'intervention de l'architecte jette un froid. Inquiet, Colbert se tourne vers du Noyer.

« Pour obtenir de plus grandes glaces, il me faudrait le souffle du Cyclope qu'affronte Ulysse, monsieur Hardouin-Mansart. Trouvez-nous des soufflets géants si vous souhaitez que nos miroirs soient de la taille des fenêtres de la galerie. Sans eux, je crains qu'un tel exploit ne soit impossible.

— Le génie français ne s'accordera jamais avec le mot “impossible”, monsieur du Noyer, tranche Colbert, agacé. Ne vous ai-je pas appris à bannir ce mot de votre lexique ? D'autant plus que Sa Majesté envisage de vous accorder le privilège exclusif d'exploiter, pour une durée de vingt ans renouvelable, la fabrication du verre à la manière de Venise.

— Vos désirs sont des ordres, dit du Noyer en s'inclinant. Nous trouverons le moyen de vous contenter, soyez-en assuré. »

La main posée sur le cœur, du Noyer fait un pas en arrière pour mieux se courber devant le secrétaire d'État de la Maison du roi.

Satisfait de sa visite, Colbert prend brièvement congé de l'assemblée.

Alors que du Noyer accompagne les ministres vers la sortie, Colbert s'arrête un instant devant Monfort.

« Voyez-vous, dit-il, il aurait été dommageable pour tous les peuples de cette terre que le plus beau secret du monde fût l'apanage des Vénitiens. »

Monfort acquiesce d'un petit mouvement de tête. Puis Colbert s'éloigne, rejoignant du Noyer et les membres de la Cour.

« Que l'on laisse cent cinquante doublons de *buona mancia* à ce verrier de Murano », dit-il à distance, en articulant parfaitement les mots italiens.

Les propos du secrétaire d'État de la Maison du roi n'ont pas échappé à Jacopo. Enchanté par cet énorme pourboire, il fait un clin d'œil à Monfort.

Venise

Au même moment, dans la prison de la « Galiota », au rez-de-chaussée du palais des Doges, un garde indique à Elena une cellule dont la porte est ouverte. L'air grave, l'assistant du docteur Mazzi attend là, en faction, comme s'il redoutait de contracter la peste.

Vêtu de sa longue houppelande noire de médecin, le docteur Mazzi, venant du couloir, se dresse brusquement devant la jeune femme. Elena se signe et s'approche pour étreindre son père.

« *Padre !* » s'écrie-t-elle en retenant ses larmes.

Les yeux injectés de sang, prostré sur une sorte de grabat recouvert d'une paillasse, le maître verrier est en train de succomber à une inflammation aiguë des poumons qui l'empêche de respirer.

« C'est la fin, murmure-t-il en suffoquant, la bouche affreusement sèche.

— Docteur, faites quelque chose, dit Elena, je vous en supplie. »

Mais le médecin secoue négativement la tête. Et prend congé du malade.

Elena prend la main de son père et retient ses larmes.

« Elena, ils ont tué Jacopo, dit le maître verrier dans un souffle.

— Que dis-tu ?

— Jacopo. Assassiné. Qu'il aille en enfer ! Il s'est vendu aux Français. »

— Non, c'est faux ! » gémit Elena.

Le maître verrier ferme les yeux d'épuisement. Les yeux baignés de larmes brûlantes, Elena embrasse le front de son père. Un prêtre entre dans la cellule.

« Que Dieu soit avec vous », dit-il d'une voix caverneuse.

Murano

Quelques jours plus tard, sur l'île des verriers, les cloches de la basilique des Santi Maria e Donato sonnent pour annoncer la mise en terre du maître verrier dans le cimetière adjacent à l'église.

Non loin de là, deux agents de la Sérénissime surveillent la famille.

Elena se tient à côté de son frère, Giovanni, de sa belle-sœur Margherita et de leurs deux enfants qui tirent au lance-pierre sur des goélands.

« Jacopo a trahi, murmure Giovanni. Il a dévoilé le secret. Père en est mort de honte.

— Personne ne sait ce qui est arrivé à Jacopo, rectifie Elena. Père est mort de la même maladie que grand-père.

— Regarde où Jacopo nous a menés, intervient Margherita. Ils ont défendu à Giovanni de souffler le verre. Nous voilà exilés à Sant'Erasmo. Comment allons-nous nourrir les enfants ? »

Indignée, Elena détourne le regard.

« Et selon toi, qui a payé les dettes de Jacopo ? lui demande Giovanni.

— C'est son maudit Français, intervient Margherita avec aigreur.

— Jacopo avait des dettes et ce Français était devenu son seul protecteur, dit Elena.

— Ma pauvre sœur, tu es si naïve. Nous avons honte aussi pour toi. »

Elena blêmit et, nauséeuse, sent venir les larmes.

Au royaume de France

Compte tenu du coût du bois importé à Paris, Colbert et du Noyer ont décidé de transférer la production de glaces de miroirs dans le Cotentin, à Tourlaville, au sud de Cherbourg, où il existe déjà une glacerie, dirigée par Richard Lucas de Nehou. À proximité de cette glacerie, la forêt de Brix fournit le combustible nécessaire aux fours et un ruisseau permet d'alimenter les moulins, tandis que la Manche garantit l'approvisionnement en varech que l'on transforme en soude pour fabriquer les miroirs.

Les ateliers de la Manufacture royale du faubourg Saint-Antoine sont désormais uniquement réservés aux opérations de façonnage : doucissage, polissage et argenture du verre. Le travail par soufflerie, extrêmement toxique, a déjà fait plusieurs victimes, mais le maître verrier, le neveu du directeur de la miroiterie de Tourlaville, met au point le « coulage sur plaque », une méthode révolutionnaire qui permet de fabriquer les glaces sans mettre en danger la vie des ouvriers.

À Versailles, dans l'ancienne Grande Galerie des fêtes, au premier étage du corps central du château, une trentaine d'artisans et d'ouvriers s'activent pour terminer leur ouvrage. Sous la direction de du Noyer et de Hardouin-Mansart, les verriers, assistés de Jacopo Sagredo, posent les glaces une à une ; les menuisiers ajustent le plancher et les doreurs dorent les cadres. Les miroirs captent bien la lumière avec des tons gris-bleu et un effet pailleté qui scintille au soleil.

Trois cent cinquante-sept glaces, soit vingt et une pour chacune des dix-sept arches, sont placées en vis-à-vis des dix-sept fenêtres qui s'ouvrent, à l'ouest, sur les somptueux jardins d'André

Le Nôtre, dont la galerie achève et accentue la perspective en renvoyant leur image. L'effet de ces immenses miroirs, chefs-d'œuvre de fabrication française, est si impressionnant que tout le monde désigne déjà cette galerie de soixante-treize mètres de long et de dix mètres et demi de large comme la galerie des Glaces.

« Ces miroirs merveilleusement cristallins éblouiront les visiteurs du Roi-Soleil au faîte de son pouvoir », dit Le Brun à Monfort, fébrile, qui contemple, par la fenêtre, les centaines d'hectares du jardin en train de naître qui s'étendent à perte de vue.

Le jeune peintre reste muet devant le paysage. Le chant d'Elena résonne dans sa tête et le bouleverse si profondément que des larmes brûlantes inondent ses joues et ses lèvres et coulent sur sa pèlerine sans qu'il s'en aperçoive.

Sant'Erasmo

Entre Venise et le Lido, au nord-est de la lagune, se trouve une île verte qui tient lieu de jardin potager aux Vénitiens : à Sant'Erasmo, des jardiniers cultivent toutes sortes de fruits et légumes — chicorée, artichauts, asperges, grenades et agrumes.

Près de la rive ouest se dresse un monastère de sœurs bénédictines en piteux état.

Giovanni, le frère aîné de Jacopo, pousse une brouette chargée de briques rouges vers un échafaudage où deux ouvriers s'affairent à reconstruire le pan d'un mur qui s'est écroulé.

Quand il revient vers le quai pour recharger sa brouette de briques, Alvise, le gondolier de l'ambassadeur de France, amarre son embarcation au muret du canal intérieur de l'île. Trois religieuses descendent de sa gondole. Les femmes se dirigent vers l'entrée du monastère. Elles poussent devant elle une jeune femme qui a perdu la tête, hurlant, délirant et comme terrorisée par le monde qui l'entoure.

Attendant le retour des religieuses, le gondolier s'approche du verrier.

« Je te connais, toi, dit-il d'un air narquois. Tu es un Sagredo, un de nos plus grands souffleurs de verre. »

Giovanni se méfie d'Alvise.

« C'est du passé, dit-il.

— Tu as des mains en or… Ça me fait mal de te voir ramasser de la merde.

— Qu'est-ce que tu veux ? »

Le gondolier regarde autour de lui pour être sûr de ne pas être entendu.

« Un homme riche dont je ne connais ni le nom ni le visage

m'a demandé de venir te voir. Il est puissant et pourrait te sortir de cette prison.

— Et quoi en échange ? » demande Giovanni sans regarder son interlocuteur.

Alvise lance trois pièces d'or dans la brouette du souffleur de verre.

« Il te le dira lui-même, dit-il.

— Quand ?

— Ce soir, à minuit, au baraquement des pêcheurs ; je l'y amènerai. »

Giovanni hésite à prendre les pièces avant de les glisser sous sa chemise.

Versailles

Dans la pénombre de la chapelle de Versailles, Monfort peint le Christ et les apôtres dans la grande toile que son maître Le Brun lui a réservée pour qu'elle figure sur une paroi de l'abside.

Derrière lui des pas résonnent sur le dallage. Le Brun semble s'étonner en découvrant la peinture de son élève. Il écarquille les yeux comme s'il ne voyait pas bien dans le noir. Seules l'éclairent les flammes des cierges.

« Miséricorde ! s'exclame-t-il. Vous en Judas ! »

Monfort reste silencieux, retouchant avec son pinceau les traits de son propre visage.

« N'ai-je pas trahi, moi aussi, mon ami della Vecchia ? s'interroge Le Brun. Il nous faut désormais vivre avec cette malédiction, dans l'attente de l'anathème de Dieu.

— Judas m'est proche. Je sens sa douleur comme si c'était la mienne. »

Ému, Monfort lève les yeux vers la lumière colorée que diffusent les vitraux de la chapelle.

Sant'Erasmo

Dans l'île-potager de Venise, au milieu de la nuit, dissimulés derrière des filets de pêche tendus par de longues perches vers le ciel, Alvise, le gondolier, et l'ambassadeur de France, masqué, ont rendez-vous avec Giovanni Sagredo. Plus loin, on aperçoit le baraquement des pêcheurs sur pilotis, envahi par la brume.

« Si vous acceptez de venir à Paris, murmure l'ambassadeur, on vous couvrira d'or. Trois louis chaque semaine.

— Allez vous faire foutre. Je ne suis pas un traître comme mon frère, s'écrie Giovanni, indigné. »

Mais avant qu'il ne puisse crier plus fort, Alvise lui pointe une dague de verre dans les reins. Giovanni se tait aussitôt.

« Je préfère quand tu nous parles sur ce ton-là, dit l'ambassadeur. À Venise, tu es condamné à croupir sur cette île nauséabonde. Le Roi-Soleil a construit la plus grande galerie des Glaces d'Europe. Grâce à ton savoir-faire, tu seras célèbre. »

Giovanni hésite. Alvise le pique de nouveau avec la pointe de sa lame.

« C'est tout de suite qu'il faut te décider, dit l'ambassadeur.

— Ça veut dire… que nous partons maintenant ? Et ma femme Margherita et mes enfants, que deviendront-ils ?

— Je viendrai les chercher, dit Alvise.

— Qui me dit que je ne me ferai pas assassiner à Paris.

— Une fois anobli par le roi de France, dit l'ambassadeur, personne n'osera attenter à ta vie ni à celle de ta famille. »

Giovanni reste un instant pensif puis monte dans la gondole d'Alvise.

« Vous avez gagné, dit-il.

— Le plus gagnant, dit le gondolier, c'est toi, Giovanni. »

La gondole d'Alvise file vers le large avec ses deux passagers. Adossée à l'église, une silhouette a assisté à la scène et les regarde quitter l'île et regagner Venise.

Venise

Au palais Vidman, sur le Grand Canal, Barbara Strozzi joue les premières mesures de sa nouvelle composition, *Che si può fare ?*

Debout à côté d'elle, Elena entonne le début de l'aria. Le chant monte en elle comme une source vive qui se change peu à peu en torrent ; mais soudain sa voix se meurt, le chant devient de plus en plus saccadé, se brise. Elena n'arrive plus à émettre le moindre son. Elle titube d'émotion, de dégoût, de haine d'elle-même, et s'effondre. À genoux, en pleurs, son corps tout entier refuse la trahison. Elle vacille et s'évanouit.

Barbara Strozzi vient aussitôt à son secours.

Elena perd connaissance.

Sant'Erasmo

Ramant seul au large de la cité des Doges, dans le brouillard nocturne, Alvise s'approche de l'île de Sant'Erasmo dans l'intention de récupérer la femme de Giovanni et les enfants.

Un bruit de rame imperceptible le surprend à bâbord. Puis le clapotis d'une autre rame devant lui.

Inquiet, il s'arrête de ramer, à l'écoute du silence. Un héron hue sinistrement dans la brume et survole son embarcation comme un oiseau préhistorique.

Le gondolier de l'ambassadeur de France comprend que c'est la mort qui l'attend à Sant'Erasmo. Il fait demi-tour et se met à ramer de toutes ses forces. Il scrute le brouillard derrière lui et aperçoit soudain les deux fers de gondole, comme des ailerons de requin, qui l'ont pris en chasse.

Alvise redouble d'efforts pour fuir plus avant. Et, tout à coup, il s'immobilise et coupe sa respiration pour qu'on n'entende plus aucun bruit.

À quelques mètres de lui, sur la lagune, le gondolier discerne dans la brume les fuselages menaçants des embarcations de ses poursuivants. Il se signe. Ces poursuivants, trop occupés à pousser leurs rames pour le rattraper, passent à côté de la gondole d'Alvise à l'arrêt, enveloppée dans le brouillard, sans le remarquer, semble-t-il. Mais ce n'est qu'une ruse. Les embarcations ressurgissent de la brume, fracassent la gondole de l'ambassade de France et les sbires s'emparent d'Alvise qui tente de fuir à la nage.

Versailles

Dans la Grande Galerie, on s'apprête à ôter les échafaudages quelques jours avant son inauguration. Monfort accompagne Le Brun pour observer dans le détail la grande peinture dont ce dernier a recouvert le plafond, *Le Roi gouverne par lui-même*.

« Vous voyez, dit le premier peintre du roi. La main droite de Sa Majesté est posée sur le timon d'un navire. C'est qu'il est le seul maître à bord du grand vaisseau de l'État. Et là, la femme assise sur le nuage, qui surplombe le roi et lui tend une couronne d'étoiles, devinez qui c'est.

— Le roi ne regarde qu'elle. Et il ignore le cortège des amours, des nymphes, des dieux et des déesses qui l'entourent. C'est l'allégorie de la Gloire, dirais-je.

— Félicitations, Monfort ! Je pensais mettre en scène Apollon, puis Hercule, jusqu'à ce que Sa Majesté me demande de la représenter en personne dans toute sa splendeur. »

Sant'Erasmo

Le jour commence à se lever sur l'île de Sant'Erasmo quand, dans une maison isolée, entourée d'un maigre potager, à l'écart du village, la femme de Giovanni est frappée au visage par Karpovitch.

Les deux enfants, réveillés en sursaut, hurlent en s'accrochant à la jupe de leur mère.

Margherita Sagredo crie : « Non, ne les touchez pas », et dissimule en même temps les trois pièces d'or au creux de sa poitrine.

« Montre-moi ce que tu caches », dit Karpovitch.

Les hommes de main attrapent violemment Margherita. Elle finit par tirer les trois pièces d'or de son chemisier.

« Qui t'a donné cette fortune ? demande Karpovitch.

— Un gondolier les a remis à mon mari, répond Margherita. Mais je ne sais pas de quoi il s'agit.

— Tu mens ! »

Il la gifle de nouveau ; les deux petits garçons veulent protéger leur mère, mais les sbires de Karpovitch les en empêchent.

Les enfants éclatent en sanglots.

« Ton mari est en train de nous trahir. Dis-nous d'où viennent ces trois pièces d'or. Qui te les a données ? »

Au palais Vidman, Elena s'est cloîtrée chez Barbara Strozzi. Couchée dans un vaste lit à baldaquin, sous une courtepointe brodée en toile de Jouy où est imprimé en rouge le couronnement d'une rosière, elle ne cesse de pleurer et n'arrive plus à se lever. Sa fièvre n'est pas tombée depuis deux jours. Le vide la happe de toutes parts. Elle délire, rêve, se perd dans un labyrinthe de miroirs qui l'éblouissent et où l'image de Gabriel se reflète à l'infini. Chaque fois qu'elle cherche en vain une issue, elle se réveille en nage.

Si le serviteur noir en livrée lui apporte un plateau garni d'une collation, Elena ne touche à rien, se contentant de boire un verre d'eau. Barbara vient la voir toutes les deux ou trois heures, en compagnie de son *volpino* blanc, pour lui prendre le pouls et lui demander ce qui pourrait lui faire plaisir. De plus en plus inquiète, la compositrice finit par appeler le médecin.

Versailles

Les deux battants de la porte dorée s'ouvrent enfin sur la Grande Galerie et ses trois cent cinquante-sept glaces. On annonce l'arrivée du Roi-Soleil et de sa cour.

Dans un nuage de poudre et un froufrou de soie et de dentelle, une foule de courtisans s'extasie aussitôt en découvrant les dix-sept grands miroirs vénitiens et les fenêtres qui leur font face et donnent sur les jardins de Le Nôtre. Alors que chacun se pâme devant les moindres détails de la somptueuse décoration, le regard du souverain est attiré par la peinture de Le Brun qui orne le plafond. La figure centrale, allégorie de lui-même, semble l'intriguer. On l'y voit entouré de figures mythologiques. Drapé dans un manteau bleu, superbe, il porte une cuirasse comme un empereur romain, à côté de Minerve, l'allégorie de la Sagesse. Peu s'en est fallu que Le Brun ne l'affuble de la croix de l'ordre du Saint-Esprit, suspendue à un ruban bleu en bandoulière.

Le Roi-Soleil scrute les détails, la tête longtemps renversée, en plein ravissement.

Les courtisans hésitent à lui dire de relever la tête, de crainte que Sa Majesté ne tombe en syncope, mais non, il semble de plus en plus enchanté, au contraire. Autour du souverain, on n'entend que des exclamations d'enthousiasme ; tous ces gens rivalisent entre eux, à coups de compliments extatiques, devant les dorures, les lustres, les plafonds, pour montrer à Sa Majesté combien ils prisent les merveilles qu'il a commandées.

Tout près du roi se trouvent Colbert, Mme de Montespan, Hardouin-Mansart, Le Brun et du Noyer, désormais principal actionnaire de la Manufacture royale des glaces, ainsi que l'ambassadeur de Venise. Toute la Cour s'émerveille de la pureté des miroirs qui, comme des panneaux de verre, ornent les arcades face aux fenêtres et reflètent la lumière du soleil sur les jardins de Le Nôtre.

« Sire, dit la marquise de Montespan, vous avez fait naître à Versailles un joyau inégalé sur la terre.

— C'est que, madame, nos architectes et nos peintres ont su donner à notre château une splendeur digne de notre belle France. »

Parmi les invités, le visage d'une extrême pâleur, Gabriel de Monfort s'incline au passage de Sa Majesté.

Louis XIV écoute avec un vif intérêt les commentaires détaillés de son premier peintre et donne désormais libre cours à son contentement.

« Tout là-haut, Sire, le personnage coiffé d'un casque ailé et couvert d'une cape rouge, c'est Mercure. Isolé dans le ciel, le messager des dieux, un caducée à la main, vole pour annoncer que la gloire du Roi-Soleil se répand non seulement sur son royaume, mais sur le monde entier.

— Nous reconnaissons là toute la pertinence de votre style et Nous nous flattons de vous avoir comme premier peintre à la Cour. Et vous, monsieur de Colbert, dit le roi en se tournant vers le surintendant qui lui emboîte le pas, comment trouvez-vous notre galerie des Glaces ? »

Le contrôleur général des finances ne dit mot pendant quelques secondes.

« Impayable, Majesté, finit-il par répondre sans ironie.

— Impayable, vous dites ? »

Louis XIV a relevé le mot et son sourcil en même temps. Il s'arrête, les traits figés. Il ne peut contenir plus longtemps le sourire qui illumine son visage et en fait rayonner la lumière sur tous ceux qui l'entourent.

« Qui osera encore dire que monsieur le secrétaire d'État de la Maison du Roi est peu enclin à la drôlerie ? » demande-t-il à la cantonade, ravi de son trait d'esprit qui fait rire l'assemblée.

Louis XIV s'amuse. Colbert, beaucoup moins.

« Nous vous invitons à profiter de ce plaisir des yeux, monsieur de Colbert, dit la marquise de Montespan en jaugeant Colbert de pied en cap, avec un sourire mutin. N'est-ce point là un bon remède à la mélancolie ? »

En retard pour l'inauguration, Lully, perruqué, enrubanné et poudré de blanc plus qu'à son habitude, poursuit le Roi-Soleil et s'adresse à lui devant la marquise de Montespan.

Le surintendant de la musique de la Chambre du Roi s'incline presque jusqu'au parquet devant le souverain.

« Sire, dit-il, essoufflé, cette galerie des Glaces me sera une source d'inspiration nouvelle pour célébrer votre gloire.

— Notre gloire, monsieur de Lully. Mais quel musicien l'a chantée mieux que vous ! »

Sa Majesté indique à la Montespan qu'il lui confie son musicien favori, puis poursuit son chemin, accompagné de la Cour. Lully se retourne vers la favorite.

« La gloire peut se montrer parfois bien capricieuse, dit-il. N'est-ce pas, chère madame de Montespan ? »

La marquise hausse les épaules et s'en va rejoindre le roi. Lully étouffe un rire.

Les courtisans se déploient à leur aise dans la galerie des Glaces, certains du côté des jardins de Le Nôtre, d'autres du côté des grands miroirs. Tous jouent avec leurs reflets dans les glaces, qui en prenant la pose, qui en faisant une grimace, qui en tirant la langue.

Dans le brouhaha de la foule, Monfort se regarde à son

tour, figé en pied, dans un des miroirs : son visage est toujours d'une pâleur extrême : ses yeux semblent remplis d'une profonde mélancolie.

Colbert et Le Brun s'arrêtent devant le jeune peintre.

« Monfort, dit Colbert, il est temps de vous présenter au roi.

— Avec tout le respect que je vous dois, Monseigneur, répond le peintre, je n'en vois pas la nécessité.

— La cité des Doges vous a condamné à mort, lui rétorque Colbert à voix basse. Il faut vous faire une raison. Suivez-moi, jeune homme, enchaîne-t-il sur un ton sec. Sire, permettez-moi de vous présenter M. de Monfort, dont je vous ai parlé. »

L'assistant de Le Brun salue le monarque en s'inclinant jusqu'à terre. Louis XIV s'approche de lui de deux pas.

« Monsieur, grâce à votre exploit et à notre science du secret, notre galerie des Glaces a pu voir le jour. Aujourd'hui, vous faites le bonheur de la Cour. »

Tous les courtisans, y compris Colbert, applaudissent vivement les propos du souverain.

« Sire, ce bonheur-là peut se payer très chèrement », dit Monfort.

Surpris, quoiqu'il n'en laisse rien paraître, le Roi-Soleil observe plus attentivement Monfort comme s'il se demandait à qui il a affaire. Son regard se durcit et croise ceux de Colbert et de Le Brun, tous deux estomaqués par l'impertinence du jeune homme.

« Sachez, monsieur, dit Louis XIV, qu'il est des trahisons en ce monde que la grandeur juge nécessaires au bien-être et à la gloire de l'État. »

Un silence glacial s'est installé parmi les courtisans qui les entourent.

Le roi scrute une dernière fois Monfort qui le salue en lui tirant une grande révérence pour s'excuser de son audace.

Le monarque sourit, ayant retrouvé son calme.

« Colbert, dit-il, nous vous aimons. » Et, se tournant vers les courtisans, Louis XIV ajoute :

« Attribuons à M. Gabriel de Monfort une pension de mille cinq cents livres pour le récompenser de sa bravoure. »

Le roi s'éloigne dans la galerie des Glaces, suivi des courtisans. Chacun s'incline discrètement en passant pour saluer Monfort.

« Reprenez-vous. C'est votre jour de gloire, lui chuchote la belle marquise de Saumeray en grand deuil au bras d'un ministre, et vous avez une mine de déterré. »

Remontant la foule des visiteurs à contre-courant, Monfort quitte la galerie des Glaces en silence, son chapeau à larges bords à la main comme un trophée fantoche.

Venise

Dans la salle des Inquisiteurs, au palais des Doges, Karpovitch comparaît devant le Rouge et ses deux acolytes vêtus de noir. Le vérolé est défiguré par une vilaine balafre, vestige d'une récente rixe avec le souffleur de verre Giovanni Sagredo dont il va devoir rendre compte.

« Nous n'avons pas eu besoin de chercher longtemps Alvise, le gondolier soudoyé par l'ambassadeur de France, Monseigneur. Il a fait l'erreur de venir chercher la femme et les enfants de Giovanni à Sant'Erasmo. Cette fois, il ne pouvait plus nous échapper. Nous avons tout fait pour qu'il parle. En vain.

— Au lieu de le laisser se défendre jusqu'à bout, vous auriez mieux fait de neutraliser ce Giovanni Sagredo. Vous étiez censé nous le livrer pour que nous le mettions à la question.

— Giovanni a sorti une dague et s'est suicidé avec. Il a connu le même sort que Rizzi et Alvise. Ils nourrissent les crabes et les poissons de la lagune dorénavant. »

Versailles

Sous le regard intrigué des gardes suisses, au pied du grand escalier, Gabriel de Monfort, qui vient de quitter le château, longe les jardins de Le Nôtre toujours en chantier.

Au même moment, des courtisans grimpent les marches pour rejoindre la Grande Galerie. Monfort croise Jacopo, poudré, coiffé d'une perruque et vêtu de beaux habits brodés, une jolie demoiselle à son bras. Le souffleur de verre vénitien l'interpelle :

« Ah ! Gabriel ! »

Plongé dans ses sombres pensées, Monfort passe son chemin sans même regarder Jacopo déconcerté.

« Gabriel ! Attends, laisse-moi te présenter Melle de Grémonville. »

Mais Monfort s'éloigne d'un pas de plus en plus résolu, sans se retourner.

***

D'une pâleur extrême, Monfort monte les quelques marches qui conduisent à l'atelier de Le Brun. Il tambourine à la porte. Un vieux serviteur, un chandelier à la main, se présente et lui ouvre la porte.

« Monsieur est bien pâle aujourd'hui. Est-il souffrant ? » lui demande-t-il en le dévisageant, les yeux écarquillés comme sorti de son lit.

Sans mot dire, Monfort lui tend son chapeau à larges bords et rejoint aussitôt ses appartements dans l'atelier de Le Brun pour s'y enfermer.

Venise

Au palais des Doges, la salle du Collège est couverte d'un plafond à caissons dessiné par Palladio et décoré d'immenses toiles peintes par Véronèse. Assis sur le trône dogal, surmonté d'un tableau représentant la bataille de Lépante, le doge de Venise, coiffé de la corne ducale et vêtu de son somptueux manteau d'hermine et de brocart, lamé d'or, d'argent et de soie écarlate, reçoit en audience Giovanni Giustiniani, l'ambassadeur de Venise à Paris.

Les Inquisiteurs ont adressé une missive au doge pour l'informer de la présence de miroitiers vénitiens dans la capitale du royaume de France. Le premier magistrat de la Sérénissime République a aussitôt demandé à son ambassadeur une enquête avant de le convoquer à Venise.

Plusieurs membres du Grand Conseil assistent à l'audience.

« Le secret de la fabrication des miroirs a-t-il été dévoilé par des Vénitiens, oui ou non ? demande le doge.

— À Versailles, répond Giustiniani, les glaces sont pareilles à de fausses fenêtres vis-à-vis des véritables. Mes yeux se sont remplis de larmes en découvrant comment notre savoir-faire, que par un admirable privilège la Providence et l'industrie avaient donné en apanage à notre vieille république, s'est transporté à Versailles. Les reflets des glaces multiplient la profondeur de cette galerie inimaginable qui paraît n'avoir point de fin.

— Ces Vénitiens qui ont trahi doivent mourir, dit le doge. Le secret le plus précieux de Venise a été volé. »

Le Rouge se lève dignement de son siège et, dans un silence ému, prend congé de l'assemblée.

Versailles

Jouxtant l'atelier de Le Brun, celui de Monfort est encombré de toiles inachevées en vrac, posées sans grand soin les unes sur les autres.

Gabriel se fige devant un miroir vénitien sur pied qui se dresse au fond de la pièce et arrache sa perruque qu'il jette par terre.

Ne supportant plus de voir le reflet de son visage dans le miroir, il brise la glace d'un coup de tête.

C'est sa figure piquée de gouttelettes de sang qui réapparaît dans le miroir fragmenté en multiples éclats de verre.

ÉPILOGUE

Page 208.
Procession de Pâques du Doge de Venise à l'église de San Zaccaria.
Vers 1766-70, Francesco Guardi (1712-1793).

ÉPILOGUE

Aux abords de la lagune

Il faut une vingtaine de jours pour aller à cheval de Versailles à Venise. Tout au long de la route, Gabriel de Monfort essaie de gagner du temps. En Champagne, en Bourgogne, en Savoie, à travers les Alpes, dans le Piémont, en Lombardie et en Vénétie, à chaque relais de poste, il n'hésite pas à offrir aux valets d'écurie le double de ce qu'ils réclament pour avoir les meilleurs chevaux frais.

Le jeune peintre arrive épuisé dans la bourgade de Mestre et passe la nuit dans une auberge vétuste en dehors des fortifications du Castelnuovo. À l'aube, il espère trouver, au rendez-vous qu'il lui a donné dans un port naturel de la lagune, un gondolier auquel il a fait parvenir un mot la veille par le service du Burchiello, avec une récompense à la clef.

Il n'y a là qu'un boutre et trois marins. Ces derniers acceptent d'emmener Monfort jusqu'à Venise. Il leur jette un sequin d'or et leur en promet un autre quand ils accosteront aux Fondamente Nuove. La traversée s'effectue en silence, sans incident, alors que le soleil commence à se lever au-dessus du Lido au lointain. Mais au moment de débarquer à l'embouchure d'un canal désert de la

Sacca de la Misericordia, lorsque Monfort tend un second sequin aux marins, ils prétendent qu'il y a maldonne : ils avaient compris qu'il s'agissait d'un sequin chacun. Sa bourse étant presque vide, le Français refuse de leur donner plus d'argent. Les trois marins le rouent de coups et lui dérobent tout ce qu'il a sur lui, le laissant gémir, encore abasourdi, sur les pierres froides du quai.

Venise

Au palais Vidman, dans le salon de musique, Barbara Strozzi harmonise au clavecin sa dernière composition. Elle est en train de corriger deux accords sur sa partition quand, derrière elle, des pas la font se retourner : c'est Monfort, pâle, tourmenté, le visage tailladé, une ecchymose le défigurant à moitié. La porte battante du salon, qu'il vient de franchir, se referme d'elle-même. Le *volpino* blanc, qui reconnaît le Français, frétille de la queue.

« Vous ! Comment osez-vous ? s'exclame Barbara Strozzi.

— Barbara, je vous en supplie. Je veux voir Elena. »

La compositrice se ressaisit et se lève devant son clavecin.

« Elena Gritti s'est interdit de chanter.

— Elena Gritti ? »

Il est accablé.

« Oui, Marco l'a épousée, au mépris du Tout-Venise. Vous avez tout pris à Elena, Gabriel. Tout ! Et Marco Gritti lui a tout donné. Son honneur, son nom, sa fidélité. Il faut croire qu'il l'aimait plus qu'elle ne l'aurait cru. Jamais, plus jamais, elle ne voudra vous revoir. Partez maintenant. Vous l'avez blessée si profondément qu'elle était prête à renoncer à sa vie », poursuit Barbara sans regarder Monfort.

Réfugiée dans la pièce attenante, bouleversée, Elena résiste à l'envie de voir son amant.

Le Français reçoit ces paroles comme si une lame s'enfonçait dans son ventre.

« Une seule fois, Barbara. Conjurez-la de m'écouter.

— Votre sort l'indiffère, déclare froidement la compositrice. Vous avez détruit la famille Sagredo ; c'étaient les plus grands verriers vénitiens. »

La compositrice se baisse pour prendre son *volpino* dans ses bras.

« Allez-vous-en ! Vous êtes un poison mortel pour Elena.

— Veuillez lui dire que… »

Barbara l'interrompt d'un geste avant qu'il n'en dise davantage.

« Laissez-la en paix. Elle attend un enfant. »

Effondré, Monfort balaye la pièce du regard comme un naufragé.

« Je l'aime d'un amour vrai et infini, au-delà de ce que vous pouvez imaginer. Dites-lui que je n'étais pas libre de mes actes », lâche-t-il d'une voix brisée.

Monfort s'incline devant Barbara.

« Jacopo va bien. Il a même été anobli par notre roi. »

Troublée, Elena s'engage aussitôt dans l'escalier sans regarder Monfort, pris de court. Une porte se referme, une autre claque et, paralysé, il entend le bruit des pas précipités de la jeune femme qui se perd au loin. « Attends, Elena », crie Monfort. Il s'approche de la fenêtre du salon et voit la jeune femme disparaître furtivement au sommet du pont qui enjambe le canal.

***

Cette nuit-là, sur le Grand Canal, les rumeurs d'une fête de carnaval résonnent dans les ruelles de la Cité-île. De toutes parts, on entend des cris de liesse. Sur la place Saint-Marc, une foule bigarrée de Vénitiens masqués, vêtus de costumes éblouissants et terrifiants, forme une ronde et chante à tue-tête dans l'ivresse, donnant libre cours à ses désirs les plus extravagants.

Une gondole s'approche du palais Gritti, un imposant édifice gothique, aux fenêtres en ogive, dont la construction remonte au

XIVe siècle. Le gondolier accoste la façade. Une silhouette masculine saute de l'embarcation et franchit le seuil du palais. Des candélabres aux bougies rouges, longues comme des cierges, jalonnent l'escalier qui conduit à l'étage noble d'où parvient le chant mélodieux d'une soprano.

***

Le *piano nobile* du palais Gritti, une immense salle aux poutres apparentes qui s'étend de la façade à la cour intérieure, est aménagé en espaces plus petits, autour d'une longue table, d'un clavecin et d'un divan. De part et d'autre, des salons donnent sur cette pièce de réception dont les cinq fenêtres gothiques accolées s'ouvrent sur le Grand Canal et sur la majestueuse basilique baroque Santa Maria della Salute, aux coupoles gris-bleu, que son architecte, Baldassare Longhena, n'a pas encore achevée.

Elena et toute l'assistance, musiciens et invités, portent un masque. L'aristocratie vénitienne est réunie pour écouter un petit orchestre de cinq instruments au service de la soprano. Malgré son loup de velours noir, on reconnaît aussitôt la chanteuse à sa voix divine qui s'élève peu à peu, se mêlant à un chœur d'hommes dans la *Plainte de la Nymphe* de Monteverdi, jusqu'à un sommet de perfection.

Mais voici que Monfort, à visage découvert, surgit dans la salle et se présente devant elle. Un murmure d'étonnement et de désapprobation se propage parmi la foule masquée. Elena cesse aussitôt de chanter. Insensible à ce qui se passe autour de lui, le Français semble chercher dans le regard de la jeune femme sa rédemption.

« Comment osez-vous, Monfort ? » s'exclame Marco Gritti dont le jabot de dentelle fait ressortir la rougeur.

En retrait, debout au fond de la salle, Karpovitch donne l'ordre à ses sbires de se jeter sur le Français. Les hommes de main des trois Inquisiteurs d'État encerclent Monfort, l'empoignent et lui ligotent les mains dans le dos. Il a à peine le temps de jeter un dernier regard à Elena qu'on l'emmène avec force. Devant la famille Gritti et ses invités médusés, Elena hurle « non ! » et court vers Gabriel, mais Karpovitch arrête la jeune femme d'un seul geste alors qu'elle allait prendre la main de son amant.

Gabriel et Elena se regardent une dernière fois. Dans cet échange de regards intimes et d'absolue vérité, Elena et Gabriel unissent leurs âmes pour l'éternité.

***

Dans la brume du petit matin, Karpovitch, vêtu de noir, et deux autres rameurs naviguent sur la lagune. L'agent secret de la Sérénissime les exhorte à ne pas relâcher leur effort. Couché au fond de l'embarcation, les mains ligotées dans le dos, Monfort voit s'éloigner Venise à l'horizon.

D'un seul coup, quatre rames se lèvent droites vers le ciel qui commence à bleuir. L'embarcation ralentit.

« Hâtons-nous. Qu'on en finisse », dit Karpovitch.

On enlève son bâillon à Monfort. Il sait qu'il n'en a plus pour longtemps. Il regarde le soleil rouge se lever sur les eaux lactescentes de la lagune. Des cormorans et des goélands survolent l'étendue plate, se posant ici et là sur la tête des *briccole*, ces espèces de ducs-d'Albe qui délimitent, comme de grosses asperges, les chenaux navigables. Sur l'une d'elles est perché un héron. Karpovitch ordonne à Monfort de se lever. Le bruit sourd que fait la chute de son corps dans les eaux calmes brise le silence du matin. Des gerbes d'éclaboussures jaillissent sur l'embarcation et sur les hommes de main de la Sérénissime. Les eaux miroitantes de la lagune se referment sur le jeune peintre français.

Karpovitch et ses sbires font demi-tour et s'éloignent à bord de leur embarcation.

Monfort coule dans les profondeurs lagunaires. Tout autour de lui, à mesure qu'il descend, des myriades de bulles scintillantes remontent à la surface. Soudain, alors qu'il est au bord de l'asphyxie, la voix d'Elena se fait entendre. Monfort relève une dernière fois les yeux et voit se transformer la surface de l'eau rougeoyante en un miroir doré.

***

Dans l'église de San Zaccaria, Elena caresse son ventre rebondi. Elle a les yeux fixés sur le grand tableau de Giovanni Bellini, *La Vierge à l'Enfant entre deux saintes*. Livide, elle regarde la Madone et, à la gauche de celle-ci, la blonde Marie-Madeleine qui se repent de ses péchés en croisant ses mains sur sa poitrine, le regard perdu dans le vide. Elle revoit Monfort se saisir d'un cierge et s'approcher du tableau pour en examiner les détails. Le tremblement de la flamme semblait animer la Vierge et les deux saintes.

Elena, amour de ma vie. En trahissant ton amour, j'ai trahi tous mes rêves. Maintenant l'art se refuse à moi, ma vie se dérobe, je ne vois dans les miroirs que mon vrai visage, le visage de l'homme qui t'a perdue.

Une étrange béatitude envahit Elena et s'épanouit sur ses lèvres en un sourire.

Versailles

Sur les eaux miroitantes du Grand Canal se reflète le ciel de France. Toute la Cour regarde Louis XIV. Le roi s'apprête à monter, en compagnie de Mme de Montespan, à bord de la gondole que vient de lui offrir, par l'intermédiaire de son ambassadeur, la Sérénissime.

— FIN —

Si les héros du Sang des Miroirs
sont des personnages de fiction,
les grandes figures évoquées, leurs échanges,
les scènes dans lesquelles ils apparaissent
sont historiques et avérées.
Ainsi les visites de Louis XIV sur le chantier de Versailles,
le récit de l'accident mortel dont il est le témoin
ou l'établissement du barème d'indemnités pour les accidentés.
Les séances de pose sous le pinceau de Le Brun
ou les dîners royaux ont eu lieu et sont documentés
ainsi que le contexte géopolitique des relations
entre Venise et la France à la fin du XVIIe siècle.
En revanche, pour la fluidité du récit
et sa qualité romanesque
l'ensemble des évènements liés à la construction
de la Galerie des Glaces a été concentré
sur un peu plus d'une année.

Se. le Clerc. f.

GALERIE

Page 220.
La Galerie des Glaces de Versailles, 1684.
Sebastien the Elder Leclerc (1637-1714).

Pages 222-223.
Vue du Château de Versailles depuis le jardin,
1674, Israël Silvestre.

Veüe du Chasteau de Versailles, du costé du Jardin

Versaliarum Palatij a parte horti Prospectus

I. Silvestre del. et sculp. 1674

Portrait de Louis XIV (1638-1715).
D'après Jean de la Haye (1641-p.1688).
Gravure de Gerard Edelinck (1640-1707).
©Bridgeman Images.

Portrait de Alvise Contarini, Doge de Venise à partir de 1676.
1696, Giovanni Palazzi.

Portrait équestre de Louis XIV (1638-1715).
Charles Le Brun (1619-90).

Le roi Louis XIV gouvernant seul (détail).
Peinture au plafond de la Galerie des Glaces, Château de Versailles.
1661, Charles Le Brun.

Pages 228 et 229 bas.
Fabrication de verre, de l'Encyclopédie de Denis Diderot (1713-1784).
©The Stapleton Collection / Bridgeman Images

Page 229 haut.
Fabrication de verre. ©Granger / Bridgeman Images.

Miroitier, Metteur au Teint.

La machine de Marly de Rennequin qui servait à pomper et conduire les eaux de la Seine à Versailles par l'intermédiaire de l'aqueduc de Marly, pour approvisionner en eau les parcs des châteaux de Marly et Versailles. ©SSPL/UIG / Bridgeman Images.

Vue du Bassin d'Apollon dans les jardins du Château de Versailles.
1713, Pierre-Denis Martin (1663-1742).
©Bridgeman Images.

Le Campo Santi Giovanni e Paolo, Venise.
1738, Canaletto (Giovanni Antonio Canal) (1697-1768).

Portrait de Barbara Strozzi.

Intérieur de la salle du Ridotto, Venise.
1760-1770, dans le style de Pietro Longhi.

Vierge à l'enfant avec Sainte Marie Madeleine et Sainte Catherine.
Giovanni Bellini, (1430-1516).

Pages 236-237 (détails).

REMERCIEMENTS

Merci aux amies et amis qui m'ont apporté leurs conseils et leur affection irremplaçable.

Merci à Serge Lalou, Élisabeth Kiledjian, Thierry Binisti, Dominique Paravel, Gilles et Marie Taurand, Jacques Forgeas, Paola Baldari, Jacques Dubuisson, Daniele d'Antoni, Joël Farges et Sophie Dupont-Fauville.

Coordination et suivi éditorial : Stéphanie Boscher
Création graphique et mise en page : HITE Design Graphique

Achevé d'imprimer en mai 2023
par Dupliprint
Dépôt légal : mai 2023
N° 2982103H